LE COMMANDEUR

MICHEL HONAKER

MAGIE NOIRE DANS LE BRONX

RAGEOT-ÉDITEUR

Collection dirigée par Caroline Westberg

Couverture : Nicollet
ISBN 2-7002-2378-0
ISSN 1142-8252

À la mémoire du comédien
Peter Cushing
inspirateur du présent personnage.

DES CHANTS DANS LA NUIT

S'il était une chose que le clochard enfoui sous son tas d'ordures détestait par-dessus tout, ce n'étaient pas tant les emballages poisseux qui venaient se coller sur sa nuque, ni les rats qui grignotaient le cuir de ses vieilles bottes, ni même l'odeur fétide que dégageait la décharge. Non. Il détestait par-dessus tout que l'on prît son refuge pour une fosse d'aisances.

Il avait encore sa fierté.

Or il ne pouvait se méprendre sur la nature du chaud liquide qui ruisselait sur son édredon de boîtes de conserve et s'infiltrait jusqu'à lui. Saisi d'une bouffée d'indignation, il déploya soudain sa longue carcasse, faisant rouler l'éboulis de détritus. À la vue de cette forme grotesque émergeant devant lui, Zac fit un bond en arrière, oubliant de refermer sa braguette. Le personnage atteignait près de deux mètres. Une mauvaise barbe ombrait son visage effilé, blême, où brillaient deux yeux bleus démesurés, d'un éclat intimidant. Ses longs cheveux noirs, poisseux, collaient à ses joues.

– Ce n'est pas assez de me piétiner ? Il faut encore que tu inondes ma résidence secondaire ?

Le jeune homme leva les mains pour bien montrer qu'il ne cherchait pas les ennuis.

– Attends mec, bredouilla-t-il. T'énerve pas. C'était pas exprès. J'suis pas du coin.

Un sourire gourmand naquit sur les lèvres du clochard.

– Non ? Alors ne traîne pas par ici. Ce n'est pas un coin pour un petit gars dans ton genre. Quelqu'un pourrait te faire un mauvais sort.

– Qui ?

– Moi. Par exemple.

Zac avala péniblement sa salive.

– Je cherchais juste un coin pour me pieuter.

Le clochard éclata d'un rire étrange dont l'écho se répercuta jusqu'au fond de la rue. Il désigna la décharge d'un geste emphatique.

– Ici, c'est mon territoire. Cherche ailleurs.

Sur ces paroles, il fit un pas en arrière,

un seul petit pas dans l'ombre et disparut... Zac eut beau scruter les environs, impossible de savoir où il était passé. Drôle de bonhomme. Son territoire ? Ce déversoir ? Eh bien, mieux valait effectivement trouver refuge ailleurs.

– Zac ? Qu'est-ce que tu fabriques, enfin ? Je me les gèle...

La voix de Chelsea. Pour un peu il l'aurait oubliée qui l'attendait de l'autre côté de la palissade. Il se faufila rapidement entre les planches disjointes.

– Une minute, si tu crois que c'est facile avec ce froid !

Chelsea le toisa de la tête aux pieds. Elle était brune, avec un visage émacié par les privations et la difficile existence des sans-abri. Mais dans ses yeux brûlait une énergie intacte. Elle avait à peine dix-sept ans.

– T'as la braguette ouverte... observa-t-elle finement.

Le jeune homme leva les yeux au ciel tout en remontant sa fermeture. Chelsea regarda aux alentours, cherchant à se réchauffer en tapant des pieds. Elle grelottait dans la vieille veste empruntée à son père le jour où elle avait fui le domicile familial. C'était l'été alors. Elle avait tant rêvé de New York, des illusions plein la tête. Elle n'avait pas songé que l'hiver la surprendrait dans la rue sans toit ni travail.

Sans argent.

Elle semblait moins enthousiaste que tantôt à l'idée de squatter dans ce quartier abandonné. Zac décida de ranimer un peu son ardeur.

– Toujours d'attaque, Chel ? Tu ne vas pas te dégonfler ?

– Tu parlais à quelqu'un tout à l'heure ?

– Hein ? Euh... non. Personne.

– Il m'avait semblé entendre une autre voix que la tienne...

– Je me parlais à moi-même, je te dis...

Zac l'emmena de l'autre côté de la rue.

– Écoute, tu n'as pas à avoir peur. J'ai déjà repéré les lieux. Ça peut sembler incroyable mais je t'assure qu'il ne vient jamais personne dans ce coin.

– Peut-être qu'il y a une bonne raison ?

– Tu aurais préféré rester dans le Queens ? Tu aurais préféré voir revenir ces gars ? C'est toi qu'ils cherchaient, tu sais, pas moi...

Chelsea lui en voulut d'avoir eu cette phrase. Elle revit une seconde les deux Noirs la dévisager avec un sourire goguenard depuis leur belle voiture volée. Ils étaient connus dans le quartier. Chelsea savait qu'ils la traquaient. Elle et Zac n'avaient eu d'autre choix que de filer au plus vite.

– Allez viens ! Tu verras, ce sera cool. C'est là-bas, regarde…

Il désignait un immeuble en ruine qui se dressait de l'autre côté du terrain vague. Tout était étrangement sombre et silencieux. Dans le Queens aussi, il existait des quartiers sordides. Mais à chaque coin de rue, un brasero de fortune répandait un peu de lumière, un peu de chaleur. Les gens s'interpellaient. Des fourgons de l'Armée du Salut ne craignaient pas de faire un passage de temps à autre, distribuant bonnes paroles et bols de soupe. Pas un paradis, non. Mais rien à voir avec cette jungle de pierraille, déserte et hostile.

Ici, c'était le Bronx.

Tout là-bas, une rame de métro jeta une flambée d'étincelles dans la nuit. Dans un autre monde, où les gens vivaient à l'abri du froid, à l'abri du noir. Et de la peur. Il s'approchèrent du bâtiment délabré, constellé de tags :

– Tu veux vraiment qu'on entre là ?

– Écoute, c'est sans problème !

À contrecœur, Chelsea lui emboîta le pas. Zac s'approcha de l'échelle d'incendie branlante.

– Tu ne trouves pas ça bizarre ? Même

pas une bande. Pas un seul junkie. Même pas une voiture !

– Les mecs préfèrent des coins plus fréquentés, tu vois... Pour les trafics, c'est mieux !

Chelsea haussa les épaules.

– Qu'est-ce que tu connais aux trafics, toi ? T'es pas fichu de piquer un paquet de cigarettes...

Zac se renfrogna. Chelsea lui caressa la joue. Elle n'avait pas vraiment voulu dire ça. Zac avait refusé de sombrer dans la délinquance, malgré sa piètre condition, et c'était tout à son honneur. Il n'était pas un mauvais gars, seulement un indécis. Il s'était destiné à une carrière de musicien. Seulement un jour, des types lui avaient cassé sa guitare sur la tête et depuis, il n'avait jamais eu les moyens de s'en offrir une autre. Chelsea tenait à lui. Elle l'avait rencontré dans un square, au début de son errance. Dans la rue, mieux valait de toute façon être deux pour affronter les problèmes.

– Tu fais gaffe. L'échelle n'est pas en bon état. Mais c'est tranquille, ici. Parole. On va pouvoir squatter pépère ! Dernier étage, la fenêtre cassée, tu vois ?

Chelsea suivit des yeux l'échelle d'incendie qui zigzaguait le long de la façade noircie de suie. Elle se cramponna aux barreaux rouillés. Comme Zac faisait mine de la pousser, elle le foudroya du regard.

– Mets tes mains dans tes poches, tu veux ?

Zac la suivit, s'amusant à lui pincer les fesses de temps à autres. Il agissait comme un gosse. Comme si le moment était choisi pour ce genre de blagues. Au dernier étage, il l'aida à enjamber le rebord de la fenêtre. À l'intérieur flottait une pénétrante odeur de moisi. Il alluma sa vieille torche électrique. La pièce était encombrée de gravats. Un trou béant dans la charpente découpait un pan de nuit au-dessus d'eux. Quelque part résonnait un goutte-à-goutte lugubre.

– Un vrai palace, non ? chuchota Zac.

Il était fier de sa trouvaille.

– Pouah ! maugréa Chelsea.

Zac passa un bras autour de son cou.

– Même les flics ne viennent jamais ici. Au moins vingt ans que tout ça aurait dû être détruit. Mais la mairie attend de récupérer les terrains pour une bouchée de pain. Le plancher est encore bon, et d'ici on aperçoit même Manhattan !

Chelsea jeta un coup d'œil au dehors.

– De loin et en se penchant, précisa-t-elle.

– Ce que tu peux être rabat-joie !

Elle lui sourit, et nouant ses bras autour de son cou, s'appliqua à un long baiser.

– La visite continue, lança Zac, un peu gêné par ces effusions.

Ils longèrent un couloir délabré, qui ouvrait dans une seconde pièce à peine moins sinistrée que la première. Chelsea frissonna.

– Faudra penser à fabriquer un poêle. Tu crois qu'on peut faire un feu en attendant ?

– Vaudrait mieux se contenter de la chaleur humaine pour l'instant.

Chelsea partit d'un éclat de rire. Elle avait eu tort de sous-estimer son compagnon. Au total, il ne s'était pas trop mal débrouillé. Quelques colmatages, des aménagements, ils se sentiraient presque chez eux.

– Tu es un chef !

Son enthousiasme s'estompa soudain.

– Quoi ?

Elle imposa le silence à son compagnon.

– T'entends ? On n'est pas seuls…

– Tu délires !

– Tu crois ? Écoute… On dirait des chants.

– Tu racontes n'importe quoi, démentit Zac. Des chants ? Tu me fais marcher.

Son visage se figea soudain.

– T'as raison. Moi aussi je les entends.

– Ils viennent par ici, constata Chelsea avec anxiété.

Le vagabond avait regardé les deux jeunes gens disparaître dans le vieil immeuble éventré, à la façade noircie de graffitis étranges. Un mauvais pressentiment se fit jour en lui. Il s'ébroua et huma l'air de la nuit à la façon d'un animal. Ces vieilles sensations, encore... N'étaient-ce pas des chants qu'apportait le vent glacial à ses sens endormis ? De vieux chants étouffés, qu'il avait cru ne plus jamais devoir entendre. Il lui sembla que l'obscurité devenait plus dense. Son estomac se serra. Il voulut faire demi-tour. Mais malgré lui, sa conscience s'était réveillée d'un long sommeil. Une excitation incontrôlable ranimait ses vieux instincts. Sa force intacte. Décuplée. Vent des Profondeurs. Vertiges d'Infinis. Encore.

Il refusa de les écouter davantage. Tout cela ne le concernait plus. Il avait renoncé à cette vie d'abominations, de périls sans noms qui avaient meurtri sa chair et ce qui lui restait d'âme. Il avait renoncé à son ancien rang. Il avait renoncé à sa charge. Rien de tout cela ne pouvait plus le concerner ni l'affecter en aucune manière. Il haussa les épaules et retourna s'enfouir sous son tas d'ordures.

Les deux adolescents n'osaient plus émettre le moindre bruit. Leurs visages reflétaient la même peur. La mélopée gutturale se rapprochait, scandée par un tambour et le piétinement de pas feutrés. Des lumières écarlates filtrèrent soudain à travers les lattes disjointes du plancher. Chelsea ne put s'empêcher de murmurer :

– Zac, qui sont ces gens ?

– Aucune idée, mais il n'y a pas de quoi s'affoler.

– Non ???

– Reste tranquille. Ils vont repartir comme ils sont venus.

Zac voulait à tout prix reprendre le contrôle de la situation. Chelsea le dévisagea froidement :

– Qu'est-ce que t'en sais au juste ?

– On dirait une cérémonie.

– Faut filer d'ici. Et vite.

– Surtout pas. Si on bouge, ils nous entendront.

Chelsea admit qu'il avait raison, même si son instinct lui criait de prendre ses jambes à son cou. Se glissant à plat ventre, Zac risqua un œil à travers une scissure. Un reflet rougeâtre donna une coloration inaccoutumée à ses joues.

– Tu te crois malin ?

– Ne bouge surtout pas, murmura-t-il.

Ils sont juste en dessous. Ils ont des torches ! Si tu voyais ça...

La curiosité fut la plus forte : Chelsea se pencha à son tour. Ce qu'elle découvrit lui fit froid dans le dos. À la clarté de flambeaux d'un autre âge, des Noirs avaient formé un cercle et dansaient en cadence. Invisible, quelqu'un marmonnait d'une voix rauque en s'accompagnant d'un tambour, et sa psalmodie évoquait les jungles originelles, les déserts sans fin, les nuits ancestrales emplies du hurlement des fauves et des esprits. Du moins c'est le sens que leur prêta Chelsea, car la langue utilisée lui était inconnue.

Un nouveau venu déroula une peau d'animal grossièrement barbouillée de symboles étranges et se redressa soudain pour exécuter un ballet énigmatique. Son crâne se hérissait d'une broussaille de cheveux blancs. La peau cuivrée de son visage semblait tendue à même les os. Son regard, dénué d'expression, glissait sur les choses sans les voir. Chelsea aperçut une marque sombre sur sa cuisse, en forme de serpents enroulés dos à dos, à moins qu'il ne s'agît d'un visage à peine esquissé...

Malgré son âge, il ployait son corps longiligne et saillant avec une souplesse ahurissante. Il se mit à danser de plus en plus vite, faisant tinter les pendentifs qui ornaient son cou. À son passage, les spectateurs s'inclinaient avec vénération. Ses yeux chavirèrent, n'offrant plus que l'aspect de deux billes blanches et sans vie. Il pointa une baguette crochue vers la porte. Les chants cessèrent soudain. Un jeune Noir fut alors introduit dans le cercle. Ses longues tresses coulaient sur son torse glabre. Les paupières mi-closes, il souriait. Il se présenta devant l'homme à la crinière blanche, étrangement docile et confiant.

Celui-ci poussa un cri rauque. Il le saisit par les épaules et le fit s'agenouiller devant lui. Il tira de sa ceinture un long clou d'or qui avait jusqu'ici échappé à l'attention de Chelsea. Il en effleura le visage du jeune homme, sa nuque et sa poitrine. À ces contacts, celui-ci réagissait par de brusques sursauts. Un filet de sang coula de ses narines. Ses yeux s'ouvrirent tout grands et il s'abattit en avant. Le sorcier l'enveloppa promptement dans la peau décorée et levant le clou...

Chelsea dut détourner les yeux, étouffant son cri dans sa main. Si Zac ne l'avait alors pressée contre lui, nul doute qu'au mépris des conséquences, elle aurait déguerpi. En bas, le tambour s'enfiévra et les danses ébranlèrent les murs. Les bouches murmuraient à l'unisson un mot étrange, inconnu :

– Oundni ! Oundni ! Oundni !

Surmontant sa révolte, sa terreur, Chelsea reporta les yeux vers la fissure. Le jeune homme, toujours enroulé dans la peau sacrificielle, ne bougeait pas. Des fumerolles montaient du sol. Les lumières des torches vacillèrent. Ce fut comme une grande ombre qui voila la pièce. Une puanteur malfaisante se répandit. La couverture soudain remua. La victime était-elle donc encore en vie ? Le sorcier fit trois fois le tour en agitant sa baguette et en proférant des formules incompréhensibles. Un vagissement inhumain monta dans le silence revenu. Quelle chose s'agitait de la sorte ? Avec de multiples précautions, les hommes déroulèrent lentement le cuir sacré…

Ce fut plus que n'en pouvait supporter Chelsea. Elle lâcha un hurlement strident. Aussitôt, l'assistance leva les yeux vers le plafond. Zac comprit qu'ils étaient découverts. Leur seul salut résidait dans la fuite. Il attrapa Chelsea par le bras et l'entraîna dans le couloir. Comme ils atteignaient la fenêtre, il eut le sentiment que quelqu'un venait de pénétrer dans l'appartement.

– Vite ! hurla-t-il en aidant Chelsea à enjamber le rebord.

Mais la panique glaçait son amie. Elle était à deux doigts de la crise de nerfs. Elle voulut s'accrocher au cou de Zac. Il eut fort à faire pour se dégager.

– Chel, je t'en prie ! s'écria-t-il.

Telle une somnambule, l'adolescente dévala l'échelle branlante. Zac allait l'imiter lorsqu'il se sentit brutalement tiré en arrière. Une chose glacée, gluante, l'avait saisi par la nuque. Il se mit à hurler, cherchant désespérément à se raccrocher à l'encadrement de la fenêtre. Mais sa résistance ne dura qu'une seconde et il fut aspiré à l'intérieur. Témoin de la scène, Chelsea poussa un hurlement, fit mine de remonter pour lui porter secours. Mais déjà, une silhouette se penchait au-dessus d'elle, une masse efflanquée, reptilienne, dont elle croisa le regard jaune et sournois.

Elle crut se liquéfier. Elle se laissa dégringoler au bas de l'échelle. Par bonheur, elle était plutôt sportive. Elle toucha le sol en pliant les genoux et fonça droit devant elle. Elle reconnut le chemin vaguement éclairé par la lune, par lequel Zac l'avait emmenée. Zac... Elle ne devait plus y penser, ou sinon, la folie l'emporterait... Zac était sûrement mort, et ceux qui l'avaient tué étaient à ses trousses. Seul l'instinct de survie devait l'animer. Elle traversa le terrain vague en un temps record.

Interdit de regarder en arrière. Interdit de regarder en arrière...

Elle rejoignit la rue déserte. Un regard par-dessus son épaule... Aucun doute, ils la suivaient. Ils ne la laisseraient pas leur échapper. L'estomac noué, elle traversa la chaussée et se faufila derrière la palissade qui longeait la décharge. Elle s'arrêta pour reprendre son souffle, s'adossant à quelque chose de dur, de froid...

Une longue main blanche se referma soudain sur sa bouche. Un voile rouge passa devant ses yeux. Ses forces fondirent. Elle ne songea même pas à crier. Elle pensa seulement : « Mon Dieu, c'est fini... »

Une voix murmura à son oreille :

– Ne crains rien. Je ne les laisserai pas te trouver...

L'étreinte se desserra suffisamment pour que Chelsea ait le loisir de se retourner. À la vue du clochard, elle eut un hoquet de surprise. Sa haute taille avait bien sûr de quoi surprendre, mais plus encore l'éclat de ses yeux clairs dans la pâleur lunaire de son visage. Il était plus jeune que sa barbe négligée et la crasse dont il était couvert ne le laissaient supposer. Quand il saisit son poignet et l'entraîna à travers la décharge, elle ne lui opposa aucune résistance.

Ils se faufilèrent dans un chenal jusque sous une pyramide de détritus qui s'était constituée avec le temps. Par une ouverture quasiment indécelable pour l'œil, ils se glissèrent dans une cavité poisseuse qu'une vieille lanterne éclairait. L'endroit évoquait un igloo d'ordures. La puanteur était irrespirable. Des rats jouaient entre les boîtes de conserve vides, que le vagabond fit décamper d'un revers de mitaine. Puis il souffla la lampe et s'accroupit auprès de la jeune fille. Son profil aigu tourné vers l'extérieur, il ressemblait à un animal aux aguets, humant les indices rapportés par le vent.

D'interminables minutes s'écoulèrent. Des heures. Des siècles. Le silence. Chelsea caressa l'espoir que ses poursuivants avaient perdu sa trace. Des bruits de pas ne tardèrent pas à la désappointer. Aucun doute, les hommes avaient investi la décharge. Ils tournaient autour de leur refuge, fouinant, échangeant entre eux des paroles à voix basse. La jeune fille crut que son cœur allait se briser d'angoisse. Comme s'il l'avait perçu, le clochard enroula son bras maigre autour de ses épaules. Elle chercha sa main, qu'elle serra de toutes ses forces. Elle tremblait sans pouvoir s'arrêter.

Les ennemis passèrent si près de la caverne que la fugitive put distinctement entendre leur respiration. Son compagnon ne bougeait toujours pas. Mais une expression farouche figeait ses traits. Ses yeux luisaient dans la pénombre comme des flammes froides. Il se tenait prêt à bondir. Par bonheur rien ne se passa. Sans doute las de patauger dans l'infect marécage, le groupe finit par s'éloigner.

– Mon Dieu ! murmura Chelsea. Je crois que j'ai fait pipi.

Le vagabond la dévisagea avec une étrange mélancolie.

Puisque le temps était venu de renaître…

Quand John Shado vit ses affidés revenir bredouilles, il manifesta sa colère par un chapelet de jurons dans un langage inconnu. La fille n'avait pu se volatiliser. À son tour, il traversa la rue et embrassa du regard l'étendue de la décharge. Par-delà les effluves nauséabonds, le silence lancinant, une étrange sensation s'empara de lui. Comme un champ d'énergie qui l'empêchait d'étendre sa vision au-delà de cette misérable palissade. Une présence régnait ici, diffuse et pourtant palpable. Il ne pouvait se méprendre sur son origine. Un sourire ambigu courut sur ses lèvres. Il se tourna vers la créature abjecte qui se tenait accroupie dans son ombre :

– Cherche, Oundni ! murmura-t-il. Cherche !

ÉTRANGE ASSOCIÉ

Tenant Chelsea par la main, le vagabond s'enfonça à grandes enjambées dans les ruelles borgnes. Il connaissait le quartier comme sa poche. À chaque carrefour, il prenait une direction sans hésitation. Pas une fois il ne regarda en arrière. Ils débouchèrent bientôt sous la cathédrale que formait un nœud d'autoroutes. Dans l'ombre des pilastres rôdaient des silhouettes dépenaillées. Une véritable population avait trouvé refuge ici, bercée par l'incessant bourdonnement de la circulation. Le vagabond entraîna Chelsea à travers le bidonville. Des jeunes patibulaires, juchés sur des véhicules calcinés les regardèrent passer. Nul ne fit mine de les arrêter.

Chelsea considérait tout cela comme à travers un hublot. Elle n'avait plus vraiment prise sur la réalité. Elle se contentait de suivre son compagnon, incapable de construire une pensée logique. L'aube les trouva sur l'asphalte de Shrepton Street. Ils étaient sortis du ghetto. Quelques véhicules roulaient paresseusement. Un autobus jaune de ramassage scolaire stoppa devant un abri solitaire barbouillé de peinture. Il en repartit aussitôt en pétaradant. Une vieille femme emmitouflée qui poussait un chariot empli de rebuts insulta le chauffeur sans raison. C'était presque la vraie ville.

Manhattan scintillait là-bas comme un nid de lucioles. Le vagabond s'arrêta, hésitant à traverser la rue.

– Tu n'as plus rien à craindre. Va-t'en. Loin d'ici.

Comme il lui lâchait la main, une voiture de police survint et s'arrêta juste devant. Un flic en descendit lourdement et s'approcha de la jeune fille en allégeant son ceinturon à la façon d'un cow-boy.

– Salut ! T'es du coin ? T'as tes papiers ?

Chelsea aurait voulu répondre, mais les mots se brouillèrent dans sa bouche. Elle se contenta de passer une main dans ses cheveux sales en hochant stupidement la tête. Le policier scruta les alentours, inquisiteur.

– J'ai pourtant pas rêvé... Il y avait un grand type avec toi. Où il est passé ?

Chelsea se retourna. Sans qu'elle y prît garde, son compagnon l'avait abandonnée. Cette constatation la glaça. Elle songea stupidement qu'elle ne lui avait pas demandé son nom...

L'Oundni cessa de galoper et jeta autour de lui un regard hésitant. Partagé entre le désir de poursuivre sa traque et cette voix intérieure qui lui soufflait de ne pas se révéler au monde conscient. Les ombres refluaient. Le jour était trop proche. Impossible d'aller plus loin.

Peu importait.

Ce n'était qu'une question d'heures. La nuit serait bientôt là de nouveau. La créature avait toute l'éternité devant elle.

Le lieutenant Robert « Bilbo » Single fixait Chelsea. Et Chelsea fixait le café refroidi qu'il avait déposé devant elle depuis près de vingt minutes. Son auxiliaire, Janet, une jeune Noire de vingt-cinq ans dont l'uniforme moulait les formes généreuses, fit mine de le remplacer. Le policier l'en dissuada d'un signe. C'était inutile. En guise de démonstration, il retira le gobelet. L'adolescente continua de fixer sans ciller l'espace vide. Elle restait assise très droite, immobile sur sa chaise, dans l'éclairage cru de la lampe. La même expression figée ne l'avait pas quittée depuis son arrivée. Elle semblait étrangère à ce qui l'entourait. Toutes les tentatives pour briser son inertie s'étaient soldées par un échec. Elle ne portait pas traces de violences, hormis quelques égratignures. Pourtant, il ne faisait aucun doute qu'elle avait subi un choc. Mais pour l'heure, il était impossible d'en déterminer la cause.

Ce silence pesait à Single. Il avait épuisé toutes les techniques de psychologie préconisées dans de pareils cas. Assis sur un coin de son bureau, il retroussa les manches de sa chemise et jeta un coup d'œil par le store. Deux rues plus loin commençait une véritable jungle urbaine, livrée à une faune dont l'inventaire était proprement ahurissant. Seul bastion de la civilisation bien-pensante, le commissariat prenait l'allure d'une île égarée parmi des étendues sauvages où aucun flic ne se serait hasardé après la tombée de la nuit.

Pour sa première mutation, Single avait été gâté. Il était encore jeune dans le métier, et connaissait moins la rue que les bancs des cours du soir. À trente ans, il avait sous ses ordres des sergents qui avaient l'âge d'être son père. S'il s'efforçait de compenser cette différence par son acharnement au travail, il savait pertinemment qu'il avait encore beaucoup à apprendre. Et ici, mieux valait apprendre vite.

Un agent en uniforme passa la tête par l'entrebâillement de la porte.

– Vous m'avez demandé lieutenant ? J'allais partir. J'ai fini mon service...

– Je sais. Mais c'est vous qui avez ramené cette gamine ?

– Je l'ai ramassée tout près d'ici. Elle sortait du ghetto. Elle avait l'air paumé.

– Elle était seule ?

– Non. Un grand type l'accompagnait. Un clodo... Le temps qu'on s'arrête, il s'est défilé.

– Son signalement au moins ?

– Euh... J'ai pas bien vu, lieutenant. Sauf qu'il était...

– Grand ?

– Ben oui... Grand et pâle...

– Avec ça, on est servi. O.K., sergent, vous pouvez disposer !

Single passa une main rageuse dans sa tignasse coupée en brosse. C'était un garçon brun de petite taille, tout en nerfs. Par-delà la cloison vitrée, il balaya d'un œil blasé la salle des inspecteurs : tables encombrées de cendriers remplis, de paperasses, de vieilles machines à écrire. Presque vide. La nuit touchait à sa fin. Une de plus. Des flics en bras de chemise, cigarette au bec, allaient mollement d'une pièce à l'autre. Dans le couloir, une brochette de noctambules attendaient leur tour : chauffeurs ivres, petits dealers, filles perdues, épaves abandonnées par la marée basse du petit matin.

Assis à l'écart, un grand gaillard maigre semblait somnoler les yeux mi-clos, à la façon d'un chat. Il était vêtu d'un affreux manteau rapiécé, de mitaines effilochées et de grosses chaussures sans lacets. Le policier eut l'impression qu'il lui était familier. Mais il passait tant de monde, ici. Il se tourna de nouveau vers l'adolescente. Figée. Presque transparente.

– Qu'est-ce qu'il fout, ce docteur ? maugréa-t-il.

– À mon avis, on devrait la conduire à l'hôpital, pour examen, suggéra Janet.

Single hésita. Son instinct lui soufflait que cette gosse avait vécu une expérience traumatisante, mais il espérait encore qu'elle se confierait. Il s'agenouilla devant elle. Chelsea Farmer, dix-sept ans. Domiciliée à Ascomb dans l'Ohio. Ce n'était pas la porte à côté. Single n'avait rien appris de plus du contenu de ses poches. Le portrait type de la fugueuse, attirée comme un papillon par les lumières de la grande ville.

– Je suis certain qu'elle fait l'objet d'un avis de recherche. Janet, le fax, toujours rien ?

– Je ne peux pas aller plus vite que les ordinateurs, lieutenant !

– Sacrées machines. Ça marcherait mieux avec des pigeons voyageurs.

– Vous devriez vous calmer, sinon votre ulcère va se réveiller.

– Bon sang, j'aimerais mettre la main sur le clodo qui était avec elle. Il sait sûrement quelque chose.

– Un café ?

– Non. Pas de café. Cette fichue machine balance l'eau, ou la poudre de café, mais jamais les deux en même temps. Et surtout pas le gobelet. Ce serait trop de luxe.

Soudain, le crissement désagréable d'un ongle sur la porte vitrée lui fit tourner la tête. Le grand clochard qu'il avait repéré un instant plus tôt se tenait sur le seuil du bureau, et le dévisageait avec une sorte de malice sournoise.

– Qu'est-ce que vous voulez ? Attendez votre tour.

Le géant maigre abaissa vers lui son regard étrange, d'un bleu magnétique. Le policier se sentit rapetisser, lui qui n'était déjà pas bien grand.

– Je me trouvais avec cette jeune fille. Mais je n'aime pas être emmené par les patrouilles.

Single le considéra avec stupeur.

– Pourquoi vous ne le disiez pas ?

Sans répondre, le vagabond l'écarta de son chemin et s'approcha de Chelsea. Il scruta son visage avec une intensité telle qu'au bout d'un instant, la jeune fille finit par tourner la tête, comme aimantée. À la vue de son compagnon, une expression de réconfort passa sur son visage. Elle posa une main sur la sienne, mais ne put articuler une parole.

– Cela s'est passé près de Cross Bronx Parkway, déclara-t-il. Elle avait un ami, un jeune paumé comme elle. J'ignore ce qu'ils sont venus faire dans le ghetto. Peut-être ont-ils cru trouver refuge dans ce vieil immeuble, derrière la grande décharge... Ce qui s'est passé à l'intérieur, je l'ignore, mais elle est revenue seule. Il y avait des ombres à ses trousses. Des ombres qui savent tuer. Je l'ai prise avec moi. Sous ma protection.

Bien que surpris par l'étrangeté de ses paroles, Single demanda :

– Ce gars, avec qui elle était, qu'est-il devenu ?

– Il est resté là-bas.

– Vous dites avoir vu des... ombres lancées à ses trousses. Des hommes ? Ils étaient du quartier ? Une bande, peut-être ?

– Non. Pas une bande. Pas au sens où vous l'entendez.

À cet instant, Chelsea fut secouée d'une convulsion et se mit à sangloter. Le clochard lui caressa lentement les cheveux.

– Je préfère ça. De bonnes larmes. Garder les larmes tue le cœur.

Janet s'approcha à son tour et tenta de réconforter la jeune fille.

– Il faut l'emmener à l'hôpital, conclut Single. En attendant de prévenir ses parents.

Le vagabond s'interposa.

– Elle n'y sera pas en sécurité. Sa vie est menacée. Vous devriez me la confier.

Incrédule, Single le toisa :

– Vous ? C'est une blague ?

– Elle a vu quelque chose qu'elle n'aurait jamais dû voir. Des figures. Du sang...

– Qu'en savez-vous ?

– J'ai pu lire dans son esprit. Ces images-là flottaient à la surface.

Single haussa les épaules. Qu'est-ce que voulaient dire ces élucubrations ? Il se tourna vers Janet. La façon dont elle dévisageait l'inconnu le fit se raviser.

– Je ne peux pas légalement vous la confier.

– Je comprends. Il faut retourner là-bas. Même s'il y a peu de chances de retrouver son compagnon vivant.

Le policier réalisa soudain qu'il n'avait pas posé la question la plus importante :

– Et je peux savoir qui vous êtes ?

– Ebenezer Graymes. Je suis le professeur Ebenezer Graymes.

Dans la voiture, le policier claqua soudain ses doigts.

– Mais bien sûr ! Ça me revient, à présent. Vous avez travaillé pour nous voici trois ou quatre ans, non ? Vous étiez consultant sur l'affaire Andy Carolyne ! Ce pauvre gars qu'on a retrouvé mort déchiqueté dans le métro... Nous avons été présentés, vous ne vous souvenez pas ? Oh, très brièvement. Je me flatte d'avoir une bonne mémoire visuelle. Mais vous avez beaucoup changé depuis cette époque. Je me rappelle très bien de cette affaire. Je venais d'arriver et j'avais même fait une demande pour obtenir ce dossier. Mais il a été confié au capitaine

Meredith. Enfin, à l'époque, il était encore le lieutenant Meredith. Dommage. L'affaire n'a jamais été élucidée. N'est-ce pas ?

– …

– N'est-ce pas qu'elle n'a jamais été élucidée ?

Devant le silence obstiné de son passager, Single poursuivit :

– Excusez si ma question vous semble saugrenue, mais vous êtes professeur de quoi au juste ?

Il roulait à tombeau ouvert dans le ghetto. Une habitude pour éviter d'être la cible de projectiles. Ebenezer Graymes semblait mal à l'aise, accroché à la portière.

– Auriez-vous l'obligeance de rouler moins vite ?

Single leva le pied, amusé.

– Je suis… enfin j'étais professeur en démonologie et traditions anciennes à Columbia, finit par répondre Graymes. Entre autres activités.

– Et vous avez perdu votre job ?

– Non. Je l'ai volontairement quitté. Congé sabbatique.

– Pour vivre dans cette jungle ? On peut trouver mieux pour se ressourcer, non ? Nous, on n'y met les pieds que contraints et forcés. Il y a belle lurette que le Bronx ne nous appartient plus. C'est le territoire des bandes. Elles s'y livrent une guerre sans merci. De nouvelles communautés s'y forment sans cesse. De nouveaux clans. Que cherchez-vous ici ?

– Une réponse. Tournez à gauche.

Graymes désigna devant eux un brownstone[1] solitaire.

– Là.

Single se gara. Une brume diaphane flottait sur les environs. Graymes contempla l'amphithéâtre des immeubles crevassés.

– Je passe devant, dit-il.

– Prenez une lampe.

– Inutile.

Le lieutenant vérifia la sienne et lui emboîta le pas. Ils franchirent le terrain vague. Graymes longea le mur vérolé où s'inscrivaient d'étranges symboles encore dégoulinants de peinture fraîche. Il les effleura de l'ongle, songeur. Il ne les avait jamais vus auparavant. Pour le non-initié, ces tags ne revêtaient aucune signification. Pourtant… Il leva les yeux vers le toit.

– On n'entre pas ? s'étonna Single.

– J'aime autant passer par l'extérieur. Même s'il existe probablement une porte.

Sans attendre, Graymes s'envola avec une agilité surnaturelle le long de l'échelle d'incendie. Il était si long, si maigre, qu'on au-

1. Brownstone : immeuble en pierre brun-rouge.

rait dit une oriflamme flottant dans les airs. Single en resta bouche bée. Quand il se décida à le suivre, il se fit l'impression d'être lesté par du plomb. À peine posait-il le pied sur le dernier barreau que le démonologue lui intima le silence. Avec précaution, il imposa ses mains sur le chambranle de la fenêtre à guillotine. Sur les vibrations que lui transmit la matière, il ne fit aucun commentaire, mais il ne put réprimer un frémissement.

Sans un mot, il enjamba le rebord.

À l'intérieur, le silence n'était troublé que par des craquements et un lancinant goutte-à-goutte. Graymes s'arrêta un bref instant, levant la tête pour humer l'air. Single braqua le faisceau de lumière. Tout était à l'abandon. Le plancher était à ce point branlant qu'on pouvait craindre se retrouver en bas au premier éternuement. Graymes s'enfonça dans un corridor. Il ressemblait à un chien flairant sa piste, étranger à ce qui se trouvait autour de lui. Single le suivit sans mot dire. Il commençait à s'accoutumer à son étrange comportement. Le démonologue traversa la seconde pièce et s'agenouilla.

– Ici. Ils étaient ici. Je peux encore sentir leur peur.

Single hésita à poser la question qui lui brûlait les lèvres.

– Sérieusement, vous êtes capable de sentir ces choses-là ?

– Sachez-le. Partout l'homme laisse derrière lui des traces psychiques. À plus forte raison des émotions extrêmes comme la peur, la haine, ou pire...

Graymes se pencha plus avant, regardant à travers le plancher disjoint.

– Venez, descendons.

Le professeur avait déjà bondi dans l'escalier. Il déboula dans la pièce où quelques heures plus tôt s'était tenue la cérémonie. Les murs étaient constellés de figures grotesques et effrayantes. Il régnait là une atmosphère accablante, délétère. Single lui-même ressentit une oppression bizarre et il dut se raisonner pour chasser la peur qui gagnait le creux de son estomac.

Ebenezer Graymes s'avança jusqu'au centre. Ses joues se creusèrent comme sous l'effet d'une douleur soudaine. Single se porta rapidement à ses côtés.

– Vous ne vous sentez pas bien ?

– Cet endroit est... maudit.

– Quoi ? Comment ça, maudit ?

– C'est une sorte de... sanctuaire.

Quelque part dans les profondeurs de la maison, un long gémissement monta. Un courant d'air glacial s'engouffra à l'intérieur de l'appartement. Graymes pâlit. Il murmura une litanie dans une langue inconnue. Puis comme s'il se laissait guider par une intuition, il marcha vers l'angle le plus reculé de la pièce. Une porte de placard avait été laissée entrebâillée. Comme il s'apprêtait à l'ouvrir, un tremblement sourd ébranla le bâtiment tout entier. Une fissure craquela le plafond.

Graymes recula d'un bond. Un bloc de ciment tomba à ses pieds. Il se tourna vers Single :

– Il faut filer. C'est piégé.

– Piégé ? Je ne comprends pas.

– Piégé. Tout va s'écrouler.

Le jeune policier fit mine de retourner sur ses pas.

– Non, pas par l'échelle. Il est trop tard !

Ils se ruèrent dans le couloir. De sinistres craquements vrillaient l'immeuble. Des pans entiers de murs dégringolaient. Ils se jetèrent dans l'escalier branlant. Derrière eux, la partie haute du bâtiment commençait à s'effondrer. Ils furent soudain noyés dans un tourbillon de poussière.

– Plus vite ! cria Graymes.

Ils descendirent en courant à perdre haleine. Graymes distingua la sortie. Ils n'eurent que le temps de vider les lieux et de s'aplatir derrière un remblai. Le brownstone se désagrégea littéralement, comme soufflé par une charge de dynamite. De longues minutes, les deux hommes restèrent recroquevillés sous la pluie de gravats. Peu à peu, le silence retomba. Le premier, Graymes se redressa, contemplant l'étendue des dégâts. De l'immeuble, il ne restait qu'un enchevêtrement de décombres.

– Moins une ! toussa Single. Et tout ça pour des billes.

Graymes secoua la tête, sinistre.

– Non. Le cadavre du gosse était là-haut. Dans le placard. Si vous retournez ces décombres, vous aurez peut-être une chance de le trouver.

Il fixa sur le policier son regard trop bleu.

– La jeune fille est prise dans la toile. Elle est en danger de mort. Ce qui s'est passé ici n'a pas de nom. Faites-la surveiller. Vous répondrez de sa sécurité.

Sur ces mots, Graymes enfonça les mains dans ses poches et tourna les talons. Le policier l'interpella :

– Eh ! Où allez-vous ?

– Je retourne chez moi...

– Où ça chez vous ? Dites-moi au moins où je peux vous joindre !

– Inutile. Je serai là si nécessaire.

Un timide soleil perça la brume au-dessus des hautes tours de Manhattan. Mais ici, sur ce territoire dévasté, oublié du monde, c'était encore le règne des ténèbres et de la barbarie primitive.

HOME SWEET HOME

Repoussant leurs couvertures mitées, les deux jeunes Portoricains bondirent sur leur séant. La porte du bas, qu'ils avaient pourtant barricadée avec soin, s'était ouverte à toute volée. Ils échangèrent un coup d'œil inquiet. Quelqu'un venait de faire irruption dans la maison. Il faisait à peine jour. Encore engourdis, ils cherchèrent instinctivement de quoi se défendre. Ce pouvait être n'importe quoi : une descente de police, l'attaque d'une bande... Le plus grand des deux dégaina son couteau et tomba en garde, jambes fléchies. Plus prudent, l'autre se contenta de reculer.

Un long silence suivit le fracas, puis l'escalier délabré résonna d'un pas lent qui semblait réveiller d'étranges échos. Les deux squatteurs se rapprochèrent l'un de l'autre. Leurs compatriotes installés de longue date dans le quartier les avaient mis en garde contre cette vieille demeure de Montague Street, tapissée de lierre, qui semblait inoccupée depuis des lustres. Ils leur avaient conté des histoires à dormir debout, qui parlaient de lueurs étranges et d'apparitions fantomatiques après la tombée de la nuit. Et aussi d'un homme singulier qui avait vécu là, et un beau jour s'en était allé. Comment croire à ces ragots ridicules ? La seule chose qui comptait, c'est que la place était libre et tout naturellement ils s'y étaient installés.

Quand la haute silhouette maigre se dessina soudain dans la clarté du petit jour, le même frisson les parcourut. Sale, dépenaillé, l'homme évoquait un grand rapace au teint livide. Son regard fit le tour du loft, et ignorant délibérément leur présence, s'arrêta sur la porte du fond – une porte basse, renfoncée sous un arceau de pierre, qu'ils avaient en vain tenté de forcer. La tenture qui l'avait masquée était arrachée, mais le sceau de cire noire encore intact.

Le grand au couteau finit par retrouver l'usage de la parole.

– Barre-toi. T'as rien à foutre ici. C'est pas ton territoire.

Graymes fit mine de n'avoir rien entendu. Il inspira profondément. Son repaire était tel qu'il l'avait abandonné, un certain soir d'hiver, en proie au désespoir et au renoncement. Il se souvint de la pluie qui battait au carreau et de l'obscurité solitaire. De la peur. Il n'éprouvait plus cette peur. Pas même celle du jour qui filtrait par les stores baissés.

Il dévisagea les deux intrus. Un vague sourire berça ses lèvres presque inexistantes.

– Merci de m'inviter chez moi.

D'un revers de la main, il écarta le couteau qui fendait l'air et saisissant son propriétaire, le souleva dans les airs à la seule force du poignet. Simultanément, il pointa vers son acolyte un index terminé par un ongle long et noir. Dissuasif.

– Ne tente pas quelque chose que tu regretterais.

Il parlait calmement. Sans haine. Effaré, le squatteur lorgna son compagnon qui battait pitoyablement des pieds à trente centimètres du sol.

– Pas de violence, mec, pas de violence...

Graymes les considéra tour à tour.

– Messieurs, ceci est une propriété privée. MA propriété privée. Comme je suis de bonne humeur, je vous donne trois secondes pour vider les lieux.

Sur ces mots, il lâcha sa victime dont le teint virait au bleu. Les jeunes gens ne demandèrent pas leur reste. Ramassant promptement leur maigre bagage, ils prirent leurs jambes à leur cou. Graymes s'approcha alors de la porte basse. Il griffa le sceau noir du bout de l'ongle en marmonnant une formule incompréhensible. Le battant s'effaça aussitôt avec un grincement de cercueil. De longs instants, l'occultiste resta sur le seuil à humer l'odeur de vieux parchemin qui flottait dans l'air. Puis il grimpa les quelques marches. Le cabinet était intact. Les étagères de grimoires montaient à l'assaut des murs nus. Des fioles au contenu suspect s'alignaient dans des vitrines. Les bibelots exotiques proliféraient dans le moindre espace laissé libre : étoffes orientales, masques, amulettes, chacun d'eux recelait une histoire, une légende oubliées. Un misérable lit de camp aux draps jaunis occupait un coin. Pas un pli n'en avait été dérangé durant tout ce temps.

Le professeur Graymes se pencha sur sa table de travail en désordre. À son approche, la lampe de bronze griffue s'éclaira soudain, dispensant une clarté verdâtre. Il s'accroupit et fit jouer un mécanisme dissimulé sous une latte de plancher, mettant à jour une cachette rectangulaire. Avec des gestes sacerdotaux, il en retira un paquet oblong, enveloppé dans un grand vêtement sombre.

Lentement, il défit les attaches de cuir, dénudant une longue épée cruciforme. Une mystérieuse inscription runique s'enroulait autour de la lame étroite. Au contact de sa main, Shör-Gavan, l'arme elfique, s'éveilla et inonda la pièce de reflets orageux. Graymes éprouva une profonde émotion de la sentir vibrer ainsi, et il la brandit au-dessus de lui, appelant l'écho des anciennes batailles, le murmure des merveilles d'un autre âge qui s'assemblèrent autour de lui en un fracas tourbillonnant. Une chaleur inhabituelle courut dans ses veines.

Mais il refusa de se laisser enivrer davantage.

Le temps du combat n'était pas encore venu. Il replaça la vieille compagne dans sa cache. La lueur disparut. Il sortit une bague en or, sertie d'une pierre noire, qu'il passa à son majeur. La bague de John Neery, son initiateur.

– Maître, mon vieux maître... murmura-t-il. Je reprends ma charge. Cette fois encore.

Il revenait au monde et sa force grondait en lui, décuplée par l'inactivité. D'un tiroir de son bureau, il extirpa un petit sac de peau, en vida le contenu dans le creux de sa main : des pièces d'or. Elles n'avaient certes plus cours, mais leur valeur était intacte.

Il retourna dans le loft. À même le sol il traça un cercle dans la poussière, auréolé d'un symbole primitif. Puis lentement, il se recula et attendit, l'oreille aux aguets. Quelques minutes plus tard, il entendit un pas furtif dans l'escalier. Un curieux personnage fit son apparition. Sa peau grumeleuse évoquait celle d'un batracien. Ses cheveux poisseux tombaient sur sa vilaine face dont émergeait un nez crochu. Dans son regard dansait une expression de crainte sournoise. Il répugnait visiblement à se trouver ici, mais ne semblait pas en mesure de rebrousser chemin. Il éternua bruyamment.

– Pchhh ! Qui m'a appelé, vermine de pétasse ?

Puis il aperçut le reflet clair des yeux de Graymes briller dans un angle ombreux de la pièce et aussitôt se prosterna.

– M... Maître ! Comment... Vous ? Vous êtes de retour ?

Graymes s'avança dans la lumière et le considéra avec une fausse bienveillance.

– En effet, vilaine face. Mais cela semble te chagriner.

– Nullement, Maître. Seulement... Je ne vous avais pas reconnu. Hatto Goffon est à votre service, vous le savez bien. Mais... c'est tellement inattendu. La joie m'étouffe.

– À te faire éternuer.

Le gnome essuya promptement ses narines dégoulinantes.

– Que dites-vous là, Maître... Comment pourriez-vous douter de ma loyauté ? Durant ce temps, j'ai tenté de combler votre absence... À tous je disais : vous profitez de ce que le Maître tourne le dos pour agir à votre guise, mais moi son plus fidèle sujet, je vous le prédis : il reviendra... Oui, parfaitement, il reviendra et vous aurez à redouter la colère du Commandeur. Celui qui veille aux pactes...

– Arrête ton bavardage. Jusqu'ici, tu n'as jamais manqué une occasion de me trahir.

– D'affreux ragots, oui Maître, parfaitement ! se défendit-il en tordant ses doigts boudinés. Comment pourriez-vous un instant leur accorder crédit ? Mais bien des choses ont changé depuis votre départ, savez-vous ? Bien des choses en vérité. De nouvelles puissances ont installé ici leur siège, qui se soucient peu de préserver les équilibres et les pactes.

– Je m'occuperai d'elles plus tard. Mais écoute. Une Œuvre a été accomplie la nuit dernière dans le Bronx. J'ai reconnu les signes. Une créature d'un monde du Dessous, de l'Enfer Ohendala plus précisément, a été invoquée. Je veux connaître le Faiseur d'Usages qui s'est livré à ce rituel...

– Qui d'autre que La Madicha pourrait invoquer une si terrible créature ?

– La Madicha respecte les pactes. Il ne peut s'agir d'elle.

– Le lui avez-vous demandé ?

– J'irai bientôt.

Goffon secoua la tête, feignant l'accablement.

– Oh, Maître... Que ne restez-vous à l'écart de tout cela ! Je vous l'ai dit. Nouvelles puissances. Nouvelle époque !

Le regard de Graymes s'étrécit. Goffon sentit sa gorge se dessécher.

– Ohendala disiez-vous ?

– Agite nos informateurs. Dis-leur que je veux un nom avant demain matin. Peut-être s'agit-il d'un nouveau venu.

– Maître, les Ohendala sont ici depuis longtemps. Ils sont respectés. Leur magie est respectée. Ils sont les survivants d'une race venue du fond des âges.

Graymes laissa échapper un sifflement de colère.

– Ne me crois pas faible et démuni face aux Ohendala, ni face à quiconque d'ailleurs. J'ai ordonné, et tu le feras.

Goffon se prosterna derechef. Graymes le considéra avec un mépris teinté de méfiance. Il ne s'illusionnait guère sur la bonne foi de ce vil avorton. Les multiples loyautés de ce Goffon le rendaient dangereux à manipuler. Mais il n'était pas dans cette ville de rumeur dont il ne fût aussitôt informé. Graymes leva un doigt.

– Un sacrifice a été accompli, en dépit des pactes qui régissent ma juridiction. J'ai été trop longtemps absent et je sais combien les choses ont pu s'aggraver. Mais désormais je suis là et déterminé à faire respecter les usages. M'as-tu compris ?

L'air s'était subitement glacé.

– Certes… Commandeur.

Goffon se retira sur la pointe des pieds.

Dès qu'il eut quitté la maison, Ebenezer Graymes se dévêtit et jeta ses vieilles frusques dans la cheminée. Il lança une imprécation et aussitôt elles s'enflammèrent, projetant une nuée de cendres…

Le lieutenant Single n'était pas un génie de l'informatique et il préférait volontiers déléguer les tâches fastidieuses de recherches à quelqu'un d'autre. En l'occurrence, il faisait appel à Sydney, un petit bonhomme replet toujours sur son trente et un. Sydney était l'homme de toutes les situations dès qu'il s'agissait de sortir les tripes d'une de ces bécanes. Il occupait un bureau, au premier étage, un peu à l'écart des allées et venues. Quand son supérieur poussa sa porte, il rangea précipitamment un affreux hot-dog dégoulinant de moutarde dans son tiroir.

– Hem ! Bilbo, quoi de neuf ?

Single fit mine de n'avoir rien vu. Ni d'avoir entendu prononcer ce sobriquet qu'il abhorrait, mais que lui devaient sa petite taille et son caractère emporté.

– Sydney, je suis ton supérieur aujourd'hui et j'aimerais que tu fasses comme tout le monde et que tu m'appelles lieutenant.

– Bien sûr, Bilbo, bien sûr…

Il fit mine de pianoter sur l'imposant Macintosh qui trônait devant lui.

– Je parie que tu vas me demander quelque chose, je me trompe ?

– Connecte-moi au fichier central. Je veux toutes les informations concernant un certain professeur Ebenezer Graymes…

– Facile.

Ses doigts s'agitèrent sur le clavier comme des insectes besogneux. Un écran s'afficha. Quelques lignes chiches se déroulèrent. Single manqua s'étrangler.

– Quoi ? C'est tout ?

– Hé ! Moi je n'y suis pour rien.

– Enfin, c'est impossible !

Sydney hocha la tête.

– Effectivement, pour pas grand-chose, c'est pas grand-chose... Ebenezer Graymes, né à Epitaph en Nouvelle-Angleterre. Pas de date. Pas de parents connus. Pas d'université. Il semble avoir étudié aux cours du soir.

– Et avoir obtenu une chaire à l'université de Columbia ?

– Il est effectivement professeur en... Qu'est-ce que nous avons là ? En démonologie et traditions anciennes ! Ouah... Le savant fou en personne !

– Cela je le savais déjà... Mais sur son passé ? Pas de casier ?

– Attendez... Impliqué dans de nombreuses affaires criminelles en qualité de témoin, mais jamais condamné. Une pléthore de non-lieux, et encore quand les choses sont allées devant un tribunal. Il faut croire que le bonhomme a un bon avocat, ou qu'il dispose de sacrées protections. À son actif, toutefois, il a remis entre nos mains une solide brochette de crapules. Et je vois qu'il a collaboré avec plusieurs polices comme consultant sur des affaires de disparitions ou de meurtres rituels. Cas de sorcellerie. De possession. Avez-vous l'intention de coffrer cet exorciste ?

Songeur, Single regarda par la fenêtre, les mains sur les hanches.

– Savez-vous ce que m'a dit un ami pompier qui connaît un peu la question ? Qu'il existait dans cette ville une juridiction plus ancienne que la nôtre. Une juridiction occulte qui engloberait New York et ses environs immédiats.

Sydney pouffa de rire.

– Sans blague, et placée sous quelle autorité ?

– Celle d'un seul homme chargé de veiller sur les pactes magiques, de faire respecter une sorte de consensus entre les forces en présence... On appellerait cela un Commandeur.

– Pitié, Bilbo ! Tu ne crois pas à de pareilles conneries ? Si c'était la vérité, on n'aurait pas enregistré une augmentation de 25% des crimes dits rituels depuis trois ans.

Single réfléchit :

– Justement, Sydney. Regarde bien la date de sa dernière collaboration avec nos services : l'affaire Andy Carolyne. Il y a trois ans. Un type qu'on a retrouvé déchiqueté dans le métro. On aurait dit qu'une bête sauvage l'avait bouffé. Graymes était sur le coup, avec Meredith.

– Le capitaine Meredith ?

– Aujourd'hui capitaine. À l'époque, il était encore lieutenant. C'est vrai que tu n'es arrivé qu'après.

Sydney marqua le coup.

– Pourquoi tu t'intéresses tant à ce Graymes ?

– Je ne sais pas. Mais si la légende du Commandeur est une réalité, alors crois-moi, c'est lui. Je l'ai vu à l'œuvre... À plus tard, Syd. Tâche de me dégoter d'autres tuyaux si tu peux. Je suis chez le capitaine si on me demande.

Quand Single entra dans le bureau de son supérieur, il sut tout de suite qu'il tombait mal. Le capitaine Meredith était en pétard. Il passait un savon de première classe à deux inspecteurs, sa secrétaire s'impatientait avec son bloc-notes à la main, et le téléphone n'en finissait pas de sonner. Pourtant, par un de ces hasards étonnants, il s'interrompit soudain et se tourna vers le jeune lieutenant.

– Que voulez-vous, lieutenant ?

– Rien. Je voulais vous entretenir d'une vieille affaire... Le cas Carolyne. Rien qui presse. Je repasserai.

– Euh non, attendez...

Il n'eut qu'à faire un signe pour qu'en un clin d'œil la pièce se vide. Un peu gêné, Single regarda autour de lui. Meredith le toisait de son regard autoritaire. Il avait une cinquantaine d'années. Son avancement, il l'avait obtenu au mérite et non par les écoles. C'était un homme de la rue, un baroudeur, qui jusqu'à une époque encore récente, patrouillait dans les recoins les plus mal famés du quartier. Sur le pied de guerre depuis trente ans, ni le découragement ni la lassitude n'avaient prise sur lui. Il avait développé une philosophie personnelle et un regard sur le genre humain qui lui valaient le respect de tous, y compris des malfrats.

– Vous avez mentionné un certain nom, lieutenant...

– En effet... Carolyne.

– Auriez-vous du nouveau ?

– Je n'en sais trop rien, capitaine, mais il se trouve qu'un nom déjà mêlé à cette affaire vient de réapparaître dans une autre non moins troublante. Celui d'un certain Ebenezer Graymes...

Meredith pâlit et se laissa tomber sur son fauteuil. Cette simple évocation semblait éveiller en lui de pénibles souvenirs.

– Cet homme m'intrigue, poursuivit Single, et sachant que vous avez travaillé avec lui, je me demandais si vous n'auriez pu me fournir certains renseignements. Car en somme le fichier central est presque muet à son égard...

Meredith poussa un étrange soupir.

– Laissez-le tranquille, Single. Ne vous compromettez pas avec lui. Ce serait trop long à vous expliquer... Quand a-t-il réapparu ?

– La nuit dernière.

Le lieutenant se mit en devoir de raconter par le menu les circonstances de sa rencontre avec l'occultiste.

– La jeune fugueuse du nom de Chelsea Farmer a été conduite à l'Hôpital Central. D'après Graymes, elle a été le témoin d'une cérémonie secrète et de la mort de son ami, un certain Zacchary Travers, dont le corps à l'heure actuelle n'a pas été retrouvé. Mais les recherches se poursuivent dans les décombres de l'immeuble. Toujours selon Graymes, la vie de cette gamine est en grand danger.

– Ne peut-on la faire parler ?

– Le problème est qu'elle est sérieusement commotionnée. Elle a perdu l'usage de la parole. On appelle ça une aphasie.

Meredith opinait lentement.

– Je sais ce qu'est une aphasie, figurez-vous. Tenez-moi au courant de l'avancée de l'enquête. Et aussi des faits et gestes de Graymes. Mais attention. Laissez-le agir comme il l'entend. Oui, vous avez bien entendu. Ne lui mettez pas de bâtons dans les roues. À plus tard.

Sur le pas de la porte, Single répugna pourtant à s'en tenir là :

– Cette affaire Carolyne, a-t-elle été résolue en fin de compte ?

Le capitaine se racla la gorge. Sa voix avait une étrange intonation lorsqu'il répondit :

– Elle a été résolue, Single. Et par le professeur Graymes. Mais inutile de chercher le dossier aux archives. Il a été détruit.

– Vous devriez sortir plus souvent, lieutenant. Dans certains endroits, les murs sont couverts de symboles magiques. À première vue il s'agit de simples tags marquant des territoires de bande. Il n'en est rien. Chaque nuit je parcours ces foutues rues. Quand on veut bien nous laisser, mes gars et moi, éteindre les incendies et venir en aide aux gens. Croyez-moi, la magie est monnaie courante dans le Bronx. Aucune communauté n'échappe à son emprise. Depuis quelque temps, des gourous sont apparus, qui ont peu à peu supplanté les meneurs traditionnels et transformé les bandes en sectes. Chaque nuit, quand la ville dort, ils accroissent leur pouvoir. Et s'il ne s'agissait que du ghetto. Pour y aller assez souvent, je peux vous dire que Manhattan même n'est pas épargné... Vous n'imaginez pas le nombre de banques, de sociétés, de compagnies qui font appel de temps à autre à des sorciers ou des envoûteurs ! Tout est bon pour obtenir des contrats, des marchés, pour s'assurer le pouvoir. Il n'est pas jusqu'aux politiques qui n'aient recours à ces gens. Ils sont partout. À mesure que notre bonne vieille société fout le camp, les anciennes croyances retrouvent de plus en plus d'adeptes... Quant à cette légende du Commandeur, elle ne date pas d'hier ! Mais personne n'en parle. Cela touche à des secrets de magiciens.

Le lieutenant Single aurait souri de ces propos, s'ils n'avaient émané d'une vieille connaissance, le capitaine des pompiers Larry Patterson, dont l'expérience lui avait souvent été précieuse par le passé. Tous deux se réchauffaient sur le capot tiède de la voiture, en fumant cigarette sur cigarette. La température avait chuté ces dernières heures. En observant d'un œil distrait les fouilles qui se poursuivaient à la lueur des projecteurs, Single se prenait à penser que bien des choses lui restaient encore à découvrir. Inlassablement, les bulldozers soulevaient les gravats. Les chiens flairaient le moindre interstice mis à jour, laissant les hommes l'agrandir ensuite avec pelles et pioches. Single n'avait guère d'espoir de retrouver le corps de Zacchary Travers dans cet enchevêtrement. Pourtant, il répugnait à ordonner la fin des recherches...

Il éprouva soudain le sentiment d'être observé. Se tournant légèrement, il distingua une haute silhouette maigre juchée au sommet d'un tertre, drapée dans un ample manteau noir à collerette. Le visage blême, effilé, disparaissait à demi sous l'ombre d'un chapeau à larges bords. Single eut un haut-le-corps. Après ce que venait de lui révéler Patterson, la fièvre s'était emparée de son imagination. Sous ce déguisement d'un autre âge, il mit quelques instants avant d'identifier Ebenezer Graymes. Celui-ci n'avait plus rien du clochard de la veille. Il était presque méconnaissable dans cet accoutrement. Patterson aussi l'avait aperçu. Il grommela :

– Oh, sacré nom...

– Quoi ? Vous le connaissez ?

– Oh oui ! bougonna-t-il. L'oiseau de mauvais augure ! Je croyais qu'il n'était plus ici. Ce gars-là, évitez-le. Conseil gratuit.

– Eh bien, je vais aller lui dire deux mots.

– Sans moi.

Le pompier écrasa sa cigarette et tourna les talons.

Sans se démonter, Single marcha jusqu'au pied du talus.

– De retour parmi les vivants ?

– Quelles nouvelles de Chelsea Farmer ?

– Elle a été conduite à l'Hôpital Central. Nous avons finalement réussi à joindre les parents. Mais ils refusent de s'occuper d'elle. Pour eux, c'est comme si elle n'était plus de ce monde.

– A-t-elle parlé ?

– Non. Elle est choquée, toujours incapable de dire un mot.

Graymes ne fit aucun commentaire. Il suivait des yeux l'effort des pompiers, là-bas. Single laissa tomber :

– Vous savez, professeur, je n'aime pas cette petite voix qui souffle à mon oreille que vous en savez plus sur cette affaire que nous tous... J'ai parlé au capitaine Meredith. L'affaire Carolyne, vous vous souvenez ?

– Et alors ?

– Il m'a assuré que vous aviez résolu l'énigme de ce crime, même si votre conclusion ne figurait dans aucun rapport...

– Et alors ?

– Je pensais que vous m'en diriez plus.

Ebenezer Graymes semblait prêter l'oreille à des bruits lointains, faussement distrait.

– Qu'en dites-vous ? insista Single.

– Lieutenant, déclara l'étrange personnage, c'est une vieille histoire. L'important est que la secte incriminée à l'époque ait été démantelée. Et que son gourou se soit suicidé. À présent, je vous serais reconnaissant d'éviter le sujet en ma présence.

À cet instant précis, Patterson accourut hors d'haleine.

– Venez lieutenant, on l'a trouvé ! Le corps d'un gamin. Il correspond au signalement.

– Bien joué ! s'exclama le policier. Professeur, vous aviez raison, je crois qu'on...

Il regarda autour de lui.

Graymes s'était une nouvelle fois volatilisé.

RIEN QU'UNE OMBRE

Chelsea avait d'abord dessiné le motif d'un doigt distrait sur la vitre embuée de la salle d'eau. Puis, comme intriguée par sa propre inspiration, elle l'avait reproduit un peu partout dans sa chambre, jusque dans l'assiette de purée qui trônait solitaire sur son plateau. Elle n'arrivait pas à l'effacer de sa mémoire. Deux serpents enroulés dos à dos, à moins que ce ne fût un visage à peine esquissé, un visage abject... Tout s'était arrêté là. Tout s'était noyé dans cette marque hideuse. Elle avait l'impression d'avoir égaré quelque chose au fond d'une eau noire, et d'y tremper sa main jusqu'au coude dans l'espoir de la récupérer. En sachant qu'elle n'y parviendrait pas. Pas sans aide.

L'infirmière se pencha sur elle et lui caressa les cheveux.

– Tu veux me dire ce qu'il signifie, ce drôle d'emblème ?

Chelsea secoua lentement la tête. Comment l'aurait-elle su ? Elle savait seulement l'avoir vu... là-bas. Juste avant que Zac... Oh, Zac, elle avait tant besoin de lui. Pourquoi tardait-il à la rejoindre ? Elle se rappela le vagabond qui lui avait permis d'échapper à ces hommes effrayants, sortis d'un autre âge. Ne lui permettrait-il pas de s'enfuir à nouveau, de retrouver sa vie d'autrefois ?

L'infirmière renonça à lui extirper le moindre mot. Depuis quelques instants, il faisait plus froid dans la chambre et elle monta un peu le chauffage. Puis très doucement, elle referma la porte. Chelsea leva les yeux au plafond, suivit le tracé d'une fissure qui ressemblait à un cours d'eau sur une carte d'état-major. Puis quelque chose attira son attention. Un léger grattement. Elle se tourna. Derrière la vitre, un faciès de cauchemar la contemplait avec un sourire. Un point d'or luisait sur son front.

L'infirmière dévisagea avec effroi le personnage si maigre, et si blême contre lequel elle venait de buter à l'angle du couloir.

– La chambre de Chelsea Farmer, je vous prie ?

– Je... Je suis désolée, mais l'heure des visites est passée. Et d'ailleurs, je ne sais pas pourquoi on vous a laissé monter jusqu'ici !

Ebenezer Graymes leva sa main gantée de noir. Une fraction de seconde, la jeune femme eut le sentiment que sa vue se brouillait, qu'elle perdait le contrôle de ses pensées.

– 425, balbutia-t-elle. Au quatrième.

– Trop aimable.

Répugnant à prendre l'ascenseur – il vouait à ces machines une répulsion quasi maladive – Graymes se lança quatre à quatre dans les escaliers. Comme il atteignait le quatrième, un grand froid l'envahit. Il ne connaissait que trop cette sensation. Le couloir était plongé dans les ténèbres. Seul un rai de lumière filtrait par une porte entrouverte. À cet instant précis, un cri aigu perça le silence, suivi d'un choc sourd. Une vitre venait d'être brisée.

Le sang de Graymes ne fit qu'un tour. Il se rua à l'intérieur. Il fut cueilli par un vent glacé qui s'engouffrait par la fenêtre béante. Le lit était vide. Les draps déchirés jonchaient le sol. Un parfum âcre, nauséabond flottait dans l'air. Graymes se pencha au dehors...

Là-bas, son fardeau jeté en travers de ses épaules, une forme ombreuse et extravagante rampait le long de la façade avec l'agilité d'une araignée. Au mépris du danger, Graymes enjamba l'appui, prêt à défier à son tour les lois de la pesanteur. Mais il fut subitement pris de vertige. Il éprouva l'impression de se tenir en équilibre au-dessus d'un gouffre hurlant. Il se rejeta vivement en arrière.

– Malédiction ! murmura-t-il.

Quand il recouvra ses esprits, l'affreuse vision avait déjà disparu. Une rage impuissante lui dévora le cœur.

– C'est cet homme ! entendit-il dans son dos.

Il se tourna d'un bloc. L'infirmière le désignait d'un doigt accusateur. Deux hommes de la sécurité à l'air peu commode lui barraient le passage. La sirène d'une voiture de police se fit entendre.

La nuit commençait plutôt mal…

Single considéra avec scepticisme la perspective plongeante des quatre étages. Puis il examina le rebord de la fenêtre. Aucune éraflure ne permettait d'étayer le témoignage surprenant qu'il venait d'entendre.

– Professeur, je ne suis pas certain de comprendre. Vous dites qu'elle a été enlevée par la fenêtre ? Quelle sorte d'homme pourrait, à moins d'être un sacré monte-en-l'air, emporter quelqu'un sur son dos et filer le long du mur ?

– Pas un homme, répliqua Graymes, abrupt.

Single commençait à perdre patience. Son caractère sanguin s'accommodait mal des énigmes du démonologue. La finesse diplomatique n'étant pas son fort, il décida d'abattre son jeu.

– C'est gentil à vous d'avoir pensé à moi pour vous sortir de ce mauvais pas. Figurez-vous que ce n'est pas sans mal que j'ai obtenu du directeur de l'hôpital de ne pas porter plainte contre vous.

Graymes considérait avec attention le miroir de la salle de bains. Il ouvrit un robinet et laissa l'eau chaude s'écouler jusqu'à ce que la vapeur voile son reflet.

– Je pouvais parfaitement me tirer d'affaire sans vous, lieutenant Single. Mais mon intuition me souffle que vous me serez d'une certaine aide pour retrouver la jeune fille. À défaut d'avoir empêché qu'on l'enlève. Je vous avais dit qu'elle était menacée. Mais vous n'avez pas cru bon mettre un de vos hommes en faction. Oh, cela n'aurait pas servi à grand-chose, seulement à gagner quelques précieux instants qui m'auraient permis d'intervenir.

– Qu'est-ce que vous croyez ? Je n'ai pas les effectifs suffisants.

– Je vous le répète. J'ai vu une silhouette s'enfuir, emportant Chelsea sur son dos.

Sur le miroir, une étrange figure venait d'apparaître. Single la remarqua à son tour.

– Comment saviez-vous que c'était là ?

– Je le savais, voilà tout. Chelsea l'a dessinée.

– Qu'est-ce que ça représente ? On dirait... des serpents enlacés, ou encore un visage...

– Oui. Un détail qu'elle n'a pu voir que pendant la nuit du cérémonial.

– Et qu'en dites-vous ?

– Que cela confirme malheureusement mes suppositions.

– Mais encore ? Professeur, j'ai la conviction que vous détenez bien des réponses à mes questions. En tant que témoin, la loi vous oblige à délivrer toute information utile à l'enquête. En clair, je meurs d'envie de vous boucler si vous ne coopérez pas.

Contre toute attente, Graymes laissa échapper un petit rire qui sonnait désagréablement.

– Vous ne savez pas où vous mettez les

pieds, Single. Je suppose que vous n'avez qu'une hâte : obtenir une mutation dans un endroit moins exposé que celui-ci. Eh bien suivez le conseil de Patterson : évitez-moi comme la peste. Je ne suis pas une bonne fréquentation.

Décontenancé, Single bredouilla :

– À quel étrange jeu jouez-vous ?

Graymes plongea son regard de métal dans le sien.

– Un jeu de savoir et de pouvoir. Rares sont ceux dont la mise est assez grosse pour s'asseoir à la table. Comprenez-vous ?

– Franchement, je ne sais pas ce qui me retient de vous boucler…

– Un fond de sagesse, sans doute. Je suis le seul à pouvoir mettre un terme à ce qui se trame et vous le savez. Le temps est devenu précieux. Je crains pour la vie de Chelsea.

– Quoi qu'il en soit, je ne vous lâche plus d'une semelle !

– Dans ce cas, ayez l'obligeance de me raccompagner chez moi. À cette heure-ci, les rues ne sont pas sûres…

Hatto Goffon attendait depuis une bonne heure, frigorifié au fond de cette impasse sordide où seuls les chats affamés, juchés sur les poubelles, lui tenaient compagnie. Il commençait à se lasser de leurs incessantes chamailleries, de leurs miaulements hostiles. Il s'empara d'une bouteille vide et l'agita d'une façon menaçante. Les matous ne se laissèrent nullement impressionner, et observèrent avec dédain ses gesticulations.

– Saletés de rognons à poils ! s'insurgea-t-il.

À cet instant précis, une interminable limousine creva les vapeurs qui montaient des plaques d'égout. Le gnome tressaillit et se hâta de jeter la bouteille. Il ne l'avait pas entendue venir. Arrivée à sa hauteur, la portière s'ouvrit. De l'intérieur, une voix lui ordonna :

– Monte.

Il avala difficilement sa salive mais obtempéra. Aussitôt, la confortable Buick repartit. Elle était tapissée d'une épaisse moquette et sertie de luxueuses boiseries d'acajou. Des enceintes miniatures déversaient une musique reggae. L'ambiance était délicate et raffinée. Mais Goffon n'avait cure de tout cet étalage. Il avait peine à museler sa peur. Une table-bar jaillit soudain du plancher et il ne put réprimer un sursaut.

– Vous prendrez bien quelque chose, mon ami ?

La voix provenait du coin le plus reculé de la banquette. À peine s'il pouvait distinguer son interlocuteur. Celui-ci s'avança soudain dans la clarté diffuse. C'était un Noir à crinière blanche, au visage anguleux, au regard fixe et comme absent. Il lui tendit un verre. Au passage, Goffon nota l'étrange collier qui ornait son cou et cela ne lui dit rien qui vaille.

– Il y a euh... du nouveau, annonça le nabot d'une voix mal assurée.

– Bien sûr, rétorqua John Shado. Autrement tu ne serais pas ici. Tu m'as été très utile. Ce jeune homme que tu m'as fourni pour le sacrifice était parfait... il a rempli son office.

– Ne risque-t-on pas de retrouver son cadavre ?

Shado se laissa aller à un petit rire moqueur.

– Ce malheureux n'est plus sur terre, mon ami. Bien malin qui pourrait retrouver ses restes là où ils se trouvent... Ne sais-tu donc rien de l'Enfer Ohendala ? Parmi les couches ténébreuses qui hantent l'univers, celui-là est le pire...

– Gulp ! émit Goffon.

– Ta récompense sera à la hauteur de ta

loyauté. Je suis resté bien loin de toute société et j'entends rattraper le temps perdu. Cette ville me plaît. Nulle part ailleurs je crois, on ne pourrait rêver vivre dans plus confortable anonymat. Et puis les miens sont ici... Et j'entends redevenir leur chef.

Goffon allait céder à son penchant naturel pour les cordiaux quand son interlocuteur reprit d'une voix plus doucereuse encore :

– Mais Anchebo ? As-tu retrouvé Anchebo ?

Le gnome laissa échapper un grommellement.

– Non. Je n'ai pas trouvé Anchebo et pour une bonne raison. La Madicha le protège et nombre de vos frères lui restent loyaux.

– La Madicha... Bien sûr. Voilà pourquoi ma vision ne parvient pas à localiser mon ennemi. La Madicha le protège. Elle a donc eu vent de ma venue. Qu'importe... Si les pouvoirs magiques ne peuvent réussir, ta sagacité le peut, n'est-ce pas, ami Goffon ?

– Oui. Assurément. Ami Goffon. Je le saurai, Faiseur d'Usages. Oui, je le saurai bientôt... Mais pour l'heure, le secret reste bien gardé. Anchebo se cache dans cette ville, c'est certain. On le dit malade.

– Peu importe. Même au seuil de la

mort, je désire qu'il paie pour le sort odieux auquel il m'a voué. Pour sa trahison envers notre peuple, envers nos dieux ! Je veux que l'Oundni l'emporte dans l'Enfer Ohendala et qu'il goûte aux souffrances atroces que savent si bien infliger les Êtres du Dessous.

Comme il prononçait ces paroles, il sembla à Goffon qu'ils n'étaient pas seuls, que quelque chose avait remué contre sa cheville et son sang se glaça. Il faisait si sombre dans cette voiture…

– Je… Seigneur Shado… Je dois vous délivrer un message de la part du professeur Graymes.

– Qui est ce Graymes ?

– Quelqu'un qui sait bien des choses sur vous et s'est mis en tête de contrecarrer vos plans.

Shado joignit ses deux mains sur son nez. Ses yeux se plissèrent.

– Est-il… Une puissance ?

– Il l'est, Seigneur.

– Je l'avais deviné. C'est cet homme qui a soustrait la fille à mes hommes l'autre nuit… dans la décharge. J'ai senti sa force. Dis ce que tu as à dire.

– Il désire vous rencontrer. Il sait que vous détenez sa protégée.

– Oui, cela ne m'étonne pas. J'ai bien

fait de ne pas la tuer. Je me doutais qu'elle serait un otage parfait. Mais parle-moi donc de ce Graymes. Tu sembles bien le connaître. Qui est-il ? Un allié de la Madicha ?

– Il n'est l'allié de personne. Il veille aux pactes. C'est un Commandeur...

Shado partit d'un éclat de rire :

– Un Commandeur des Abîmes ? Cette vieille caste existe encore ? Je la croyais éteinte... dissoute !

– Détrompez-vous. Elle est toujours vivace. Que trop, au goût de beaucoup. Et le professeur Ebenezer Graymes est le pire de ces empêcheurs de sorts !

– J'ai toujours détesté les magiciens adeptes de la magie blanche. Non qu'ils soient bien dangereux, mais pour l'heure je ne veux pas que celui-ci se mêle de mes affaires.

– Graymes n'est pas un magicien blanc. C'est un magicien noir qui s'est converti sous la férule d'un vieux maître Commandeur. Certains prétendent qu'il a du sang de démon dans les veines. Il n'est pas comme les autres, vous pouvez me croire.

Shado renifla bruyamment.

– Graymes... Fort bien. Je lui rendrai visite. Bientôt.

Goffon éprouva un immense soulagement.

– Mais n'oublie pas, enchaîna le marabout. Je veux Anchebo. Et vite car le temps m'est compté.

– Certainement Seigneur Shado. Mes informateurs vont partout. Vous aurez bientôt de mes nouvelles.

La limousine venait de se ranger. La portière s'ouvrit. Amorçant une courbette, Goffon se laissa glisser de la banquette. Aussitôt, le véhicule repartit. Le nain le suivit des yeux tandis qu'il s'éloignait dans le brouillard. Une fraction de seconde, il eut l'impression très nette qu'un faciès grimaçant se collait derrière la lunette arrière.

Rien qu'une ombre peut-être…

Durant tout le trajet, le démonologue ne desserra pas les dents, se bornant à contempler le paysage misérable derrière la vitre embuée. Single s'accommoda de ce mutisme jusqu'au moment où ils tournèrent dans Montague Street.

– Où dois-je vous déposer ?

– Ici même.

La rue s'élargissait pour former une place agrémentée de quelques réverbères à l'ancienne. Un endroit isolé, situé comme en retrait du monde. Single stoppa, lorgnant en direction de la vieille maison ensevelie sous les lierres.

– Montez prendre quelque chose.

Le policier se demanda ce que pouvait cacher ce subit accès de convivialité. Pourtant, il ne se le fit pas répéter et suivit l'occultiste. Il ne désespérait pas de percer le mystère qui entourait l'étrange personnage. Il fut d'abord surpris par le silence qui régnait. À mesure qu'il gravissait les marches de l'escalier ciré, il se sentit envahi par une étrange mélancolie.

– Vous vivez seul, ici ?

– Oui. Mais je n'occupe que le loft du haut. Ces pièces-ci sont inhabitées.

Single interrogea du regard les portes closes.

– Il n'y a rien derrière, lança Graymes comme s'il avait pu deviner dans son dos l'expression soupçonneuse de son invité. Des vieux meubles. Des souvenirs.

Un instant plus tard, ils pénétraient dans le vaste loft, dont la baie vitrée ouvrait sur le port, tel le château de poupe d'un galion. Les murs bâtis de guingois offraient des angles inhabituels, renforcés par des poutrelles de métal boulonnées. Il y faisait humide. L'air avait un parfum âcre.

– Et vous habitez ici depuis longtemps ?

– Assez longtemps, lui fut-il répondu. Je n'ai que du café. Comme vous le savez, je viens de rentrer et l'intendance laisse à désirer.

– Un café, ça ira très bien. Celui du commissariat est à vomir. Personne ne s'occupe de votre intérieur ?

– Oh, c'est inutile. Il s'entretient seul.

– Comme par magie, hein…

Graymes fit mine de n'avoir pas entendu. L'œil exercé du policier remarqua immédiatement la porte basse à demi dissimulée derrière une tenture sombre. Ainsi que des cendres dans la cheminée. Il accepta la tasse fumante avec un sourire crispé. Il ne se sentait pas très à l'aise.

– Ne vous alarmez pas, lança le démonologue. Tous mes visiteurs éprouvent la même gêne la première fois. Mais elle passe vite. S'ils sont les bienvenus. Il en va des maisons comme des gens. Elles peuvent montrer de la méfiance à l'égard des étrangers.

Single se demanda s'il parlait vraiment sérieusement.

– Avez-vous définitivement renoncé à hanter les décharges publiques ?

– C'est définitivement définitif. L'inaction me pèse trop. Je vais tâcher de reprendre ma chaire à Columbia, s'ils veulent encore de moi. Pour une raison que j'ignore, le doyen m'avait pris en sympathie. Savez-vous ce qu'est un Faiseur d'Usages ?

– Aucune idée, non. Vous n'allez quand même pas me faire croire à la sorcellerie et à toutes ces idioties ?

– On appelait ainsi dans certaine région de l'Afrique ancestrale une sorte de prêtre, d'intermédiaire entre le monde invisible et le monde réel. Le Faiseur d'Usages était reconnu par une marque de naissance caractéristique, en forme de serpents enlacés...

– Le dessin que nous avons trouvé dans la chambre de Chelsea ?

– Exactement. Le Faiseur d'Usages détient le pouvoir d'invoquer des puissances de l'Enfer Ohendala. Pour ce faire, il doit recourir à une sorte d'échange. Il utilise de préférence un jeune homme en sacrifice. Il le tue avec un clou rituel, un clou d'or, puis il l'enveloppe dans une peau sacrée peinte de symboles. La tradition veut qu'en agissant de la sorte, il procède à une sorte d'échange. Il fait venir un servant démoniaque, un Oundni. Un Oundni se déplace à la vitesse du vent. Il étreint ses victimes dans ses replis d'ombre et les emporte pour l'éternité dans l'Enfer Ohendala, où elles subissent mille atrocités. L'Oundni ne laisse pas de traces. Il est quasiment invisible car il peut se fondre dans les ténèbres, s'y diluer, aussi longtemps qu'il ferme les yeux. Il pourrait se trouver derrière vous, en ce moment même, sans que vous le soupçonniez.

Single ne put s'empêcher de regarder autour de lui avec inquiétude. Il demanda d'une voix mal assurée :

– Aussi longtemps qu'il ferme les yeux ?

– N'ayez aucune crainte. Il n'est pas ici. Je le sentirais. Et aussi je ne manquerais pas de distinguer le clou d'or, le clou rituel qui orne son front et le rend prisonnier de celui qui l'a invoqué... Car tel est l'échange. Il porte le clou qui a servi à tuer le supplicié. C'est cet être, ce démon, qui a emporté Chelsea. Mais il ne l'a pas tuée. Sans doute parce que son maître, le Faiseur d'Usages, désire l'utiliser comme otage. Il sait que je suis sur ses traces... Je me suis arrangé pour le lui faire savoir.

– Mais si... en admettant que cette chose existe... Il n'y a donc aucun moyen de la détruire ?

– Non. On peut seulement la renvoyer d'où elle vient. À condition de disposer d'une sorte d'assermentation de la part des Ohendala. Un pouvoir qui n'est pas en ma possession. Pas encore, du moins...

– Et qu'avez-vous l'intention de faire ?

– Je dois d'abord parlementer avec le Faiseur d'Usages. Je lui ai envoyé un messager. Ma chance est qu'il ne peut tenir bien longtemps en laisse son précieux allié. Les risques sont trop grands.

L'acuité du regard de Graymes fit passer un frisson dans le dos du policier. Ses paroles l'avaient impressionné. Mais il n'était pas du genre à lâcher prise.

– Dites-moi son nom et je vous jure bien que je le fais arrêter sur-le-champ…

Graymes laissa échapper un ricanement.

– Un tel homme est hors d'atteinte de vos procédures habituelles, lieutenant. Il pratique la nécromancie et les envoûtements depuis son plus jeune âge. Il puise dans des rites millénaires et ouvre des portes qui restent fermées même pour moi. De plus, il compte désormais une poignée d'adeptes dévoués à sa cause. Je ne suis pas armé contre une telle opposition. Si j'avais conçu le moindre doute, la preuve m'en a été administrée tout à l'heure. Je n'ai pas été en mesure de poursuivre l'Oundni.

Single esquissa un geste de consternation.

– Alors que faire ?

Graymes ne répondit rien. Il s'était soudain raidi, visiblement alerté par un bruit suspect. Il réagit avec une vivacité extraordinaire. En deux bonds, il fut dans le couloir et ouvrit à toute volée, juste à temps pour saisir Goffon par les cheveux. Sans se soucier de ses cris, il le souleva de terre aussi facilement qu'une plume :

– Eh bien, nabot ? À force de laisser traîner tes oreilles, tu risques bien de te faire marcher dessus...

Le vilain faciès du nain exprima une répugnante soumission.

– Maître, je vous en prie. Ne m'aviez-vous pas convoqué ? Et j'ai obéi, Maître, j'ai obéi...

Durant cet intermède, Single était demeuré bouche bée. Graymes se tourna vers lui :

– Je vais effectuer les présentations. Lieutenant Single de la police. Hatto Goffon, misérable larve des bas-fonds. Homme à tout faire. Mille maîtres. Un seul intérêt. Le sien.

Le démonologue le laissa tomber.

– Mais parfois il peut s'avérer utile.

– Maître, balbutia Goffon. Je l'ai vu. Et il m'a chargé d'un message.

– Parle donc, crapaud !

– Il va venir. Ici même. Cette nuit.

Aussitôt, le policier porta la main à son arme.

– Entendu. Je reste. Et je le boucle.

– Sûrement pas, répondit Graymes.

Et emprisonnant la nuque du jeune homme entre deux de ses doigts, il lui fit perdre connaissance.

– À plus tard, lieutenant…

LA MADICHA

Ebenezer Graymes s'était assoupi. Ou peut-être pas. Sa silhouette sombre se profilait sur le rectangle poussiéreux de la baie vitrée telle une effigie d'albâtre, menaçante et glacée. Il ne bougea pas d'un pouce lorsque la créature se faufila dans la pièce. Elle flottait au-dessus du sol, en traînant les pieds, telle une marionnette noueuse suspendue par des fils invisibles. Graymes la laissa approcher, rôder autour de lui, flairer la faille possible. Il sut, du fond de sa transe, qu'il n'avait pas eu tort de prendre ses précautions. Mais en dépit de toutes les protections dont il s'était entouré, mieux valait ne pas relâcher sa vigilance.

L'Oundni avisa l'épée posée en travers de ses genoux, qui luisait faiblement dans la pénombre. Il émit un curieux sifflement et se fondit dans un coin d'ombre, où il demeura invisible.

– Rappelle ton servant, murmura Graymes. Le temps est aux palabres.

Jusqu'ici dissimulé sur le palier, John Shado s'avança, un sourire figé sur ses lèvres, environné d'une brume volatile. Il était vêtu d'un costume pourpre, sur lequel il avait jeté une cape rituelle, chargée de symboles. Graymes distingua la redoutable baguette en corne humaine passée à la ceinture. Le Faiseur d'Usages s'assit face à lui, à même le sol, à distance raisonnable. Il se détacha des volutes sournoises qui l'accompagnaient, et penchant en avant son torse squelettique, fixa sur le démonologue un regard blanc.

– Ainsi c'est toi Ebenezer Graymes ? Ou dois-je t'appeler par des noms plus anciens ?

– Celui-ci me convient, répliqua l'occultiste. Pour l'heure.

– Je ne pensais pas qu'il existait encore des représentants du vieil ordre des Commandeurs. En fais-tu réellement partie ?

Graymes allongea légèrement sa main gauche, faisant miroiter la bague de jais à son doigt.

– Oh ! Oh ! apprécia Shado. Oui... Je vois qu'on ne m'a pas menti. J'ignorais que

New York était encore une juridiction contrôlée. Ne te disait-on pas… éloigné ?

– J'étais en voyage. Je suis rentré depuis peu. Grâce à toi…

– Oui… J'ai senti ta présence dans le dépotoir cette nuit-là. Quand tu as empêché mes gens de saisir cette jeune fille.

– Qu'en as-tu fait ? Ton servant l'a emportée.

– Elle va bien, Graymes… Oui, elle va très bien. Aussi longtemps que tu te tiens à l'écart de mes affaires. Mais dis-moi… Je me suis toujours interrogé sur le bénéfice que pouvait retirer un pratiquant de magie blanche de pareil dévouement. Veiller sur quelques misérables pactes, quelques traités de pacotille au risque de sa vie. En échange de quoi ? D'argent ? Il est tant de façons moins risquées de s'en procurer pour un initié de ta valeur… La considération ? Un Commandeur, je crois, ne doit pas dévoiler sa véritable nature, ni la portée de ses actes. En somme, le commun des mortels ignore ce qu'il est, et quels sont ses agissements. Le secret régit sa vie. Alors dis-moi ce qui peut te pousser à demeurer dans cette ville corrompue pour y faire régner un semblant d'ordre. À risquer un sort pire que la mort…

– Tu ne comprendrais sûrement pas mes

mobiles, même si je prenais la peine de te les expliquer, ce qui est hors de question. Car sans te connaître, Shado, je te hais déjà.

Comme il prononçait ces paroles, Graymes décela un mouvement dans le coin obscur où l'Oundni s'était retranché. Il laissa sa main glisser ostensiblement vers la garde de son épée. Shado eut un geste d'apaisement.

– Voyons, je suis venu conclure un arrangement qui peut nous être profitable à tous deux. Et tu m'accueilles bien mal...

– Je t'écoute. Mais je te déconseille de faire intervenir ton servant.

– Oui. Je sais qu'avant mon arrivée, tu t'es prémuni contre certaines choses. La Position de la Forteresse. Tu vois, je connais bien vos misérables pouvoirs, vous autres magiciens blancs. J'ai eu tout le loisir de les étudier là où je me trouvais. Mais je ne t'en veux pas. À ta place, j'aurais agi de même.

– Parle. Que proposes-tu ?

– Tu disparais. Tu retournes dans tes poubelles. Ou plus loin encore. Et je te laisserai la vie sauve.

Un sourire sardonique joua sur les lèvres inexistantes de Graymes.

– Tu as vraiment tort de me tenir pour quantité négligeable. Je pardonne ton arrogance parce que tu es nouveau dans cette ville. D'ailleurs d'où viens-tu, dis-moi ?

– D'un pays lointain, où jusqu'ici l'on m'a retenu prisonnier.

– Et ta magie n'a pas adouci ton sort ?

– J'étais loin de ma magie, coupé du monde des esprits. Dans une prison abjecte. Toutes ces années de ma vie. Par moments, j'aurais préféré mourir. Mais un Faiseur d'Usages ne peut mourir de sa main, ni de celle de ses frères. Il est tabou. Il est sacré. J'ai pourtant fini par m'échapper, par berner mon geôlier. Depuis lors, je me suis efforcé de retrouver les miens. J'ai su qu'ils habitaient ici. Et tu vois, je m'adapte vite...

L'espace d'un instant, une haine sans borne crispa le visage de Shado. Presque aussitôt pourtant, le sourire fielleux revint sur ses lèvres. Il exhiba sa baguette et l'agita en direction de son interlocuteur.

– J'ai une tâche à accomplir ici, une vieille affaire à régler. Ne te mets pas en travers de ma route ou mille morts ne seront rien en comparaison du sort que je te réserve.

– Tu as déclenché une Œuvre de Vengeance dans ma juridiction. Peu m'importe tes raisons. Tu as tué des innocents. Nous sommes hors du monde ici. Tu ne peux mentir.

– Oui. Je me suis voué à cette Œuvre,

moi, Shado. Et elle ira à son terme. Que tu connaisses les Usages n'y changera rien.

– J'irai trouver la Madicha, votre Prêtresse. Tu vois je sais exactement d'où tu viens et à quelle communauté tu appartiens.

– La Madicha ne reçoit pas les « youplés », les blancs de ton espèce. Elle ne te sera d'aucune aide. D'ailleurs, elle sait ne rien pouvoir empêcher. Je suis tabou pour elle aussi.

– Je mettrai tout en œuvre pour te combattre.

– Seulement, je détiens celle que tu protèges. Si tu bouges, elle mourra. On m'a raconté que la dernière personne que tu as voulu prendre sous ta protection est morte dans d'affreuses circonstances...

Graymes eut grand-peine à se maîtriser. La blessure n'était pas aussi bien refermée qu'il l'avait supposé.

– Ne touche pas Chelsea Farmer, prévint-il. Ou ce sera ta fin.

Le sorcier partit d'un éclat de rire. En un clin d'œil il réendossa son apparence diffuse. Dans le coin où l'Oundni était tapi, il se produisit un sifflement strident.

– À bientôt, Graymes. Nous n'en avons pas terminé, tous les deux.

La brume noya Shado. Graymes maudit son incapacité à le poursuivre. Mais il ne pouvait s'affranchir sur-le-champ de l'écheveau de protections soigneusement tissé autour de sa personne. Tel un plongeur contraint de respecter les paliers de décompression, il ne retrouva sa complète mobilité qu'au bout d'un long moment. L'aube pointait déjà.

Il blottit l'épée dans la doublure de son manteau et sortit à grands pas. Il erra un long moment dans la ville endormie, cherchant à retrouver trace de l'ennemi, humant l'haleine âcre des avenues luisantes de pluie. Mais ce fut en vain. Le petit matin le trouva assis sur un banc de Central Park, ses longues jambes étendues devant lui, les bras croisés et le regard fixe. Toutes ses pensées étaient tournées vers John Shado.

– F'ra beau, l'ami, pas de doute ! F'ra beau, aujourd'hui !

Graymes leva les yeux vers le passant grisâtre qui venait de lui faire l'aumône de ces paroles. Un quidam à l'imperméable troué, qui se pencha sur une poubelle et s'affaira à en racler le maigre contenu. Un de ces clochards que la rosée fétide de la cité avait tiré de sa somnolence, et qui s'était mis en quête d'un os à ronger, ou d'un fond de bouteille à siffler. Graymes s'était trop souvent livré à cette activité sordide pour faire la moue. Il était quelqu'un d'autre alors. Il vivait loin du monde, loin de ses ennemis.

À présent, le monde l'avait rejoint.

Et ses ennemis.

À son réveil, le lieutenant Single avait la tête lourde. Il avait peine à se souvenir de ce qui s'était passé. Il se massa la nuque et considéra l'endroit où il se trouvait. Le décor familier de sa voiture le rassura. Pourtant, il se demanda bien de quelle façon il avait pu la réintégrer. La montre du tableau de bord indiquait six heures du matin. Il était trop las pour creuser la question. Il démarra et rentra chez lui.

La maison était silencieuse. Le miroir du vestibule lui renvoya l'image d'un jeune homme carré, au visage mal rasé, aux yeux rougis par le manque de sommeil. Le long du trajet, il s'était imaginé toutes les bonnes excuses qu'il pourrait fournir à Elen pour justifier un tel retard. Au bout du compte, il se demanda s'il ne vaudrait pas mieux lui dire la vérité, au risque de passer pour un cinglé. Par habitude, il décocha un direct pâteux au sac de sable suspendu dans la salle de jeux. Son absence de punch le figea d'effroi.

Il gravit l'escalier sur la pointe des pieds, jetant au passage un coup d'œil aux jumeaux. Rassuré par leurs respirations régulières et leurs mines angéliques, le policier poussa la porte de sa chambre. Elen dormait. Il s'échoua à plat ventre sur le lit, sans même prendre la peine de défaire sa cravate. La fatigue lui fermait déjà les yeux lorsqu'une sensation agréable vint le rappeler des profondeurs. Sa femme s'était blottie contre lui, éparpillant ses cheveux sur son dos.

– Enfin décidé à te rappeler de nous ?

– Salut.

– Salut ! Quelque chose ne va pas ? Tu as l'air bizarre.

Single soupira :

– Presque rien. Là dehors, des types s'affrontent pour des rituels vieux de milliers d'années. Ils se lancent des envoûtements et des sortilèges à la figure et je n'arrive pas à comprendre comment, sachant cela, je vais pouvoir continuer de vivre comme par le passé.

– Tu délires, Bob. Endors-toi.

– Je délire, c'est ça !

Elle lui caressa le dos. La douleur qui lançait encore sa nuque disparut complètement.

À la nuit tombante, les rues aux abords de Triboro Bridge se vidaient en un clin d'œil. L'endroit jouissait d'une telle réputation qu'aucun véhicule ne s'y serait attardé. Les patrouilles de police elles-mêmes préféraient faire un large détour. À cet endroit, le fleuve exhalait des relents fétides que les rares riverains attribuaient aux cadavres qu'on coulait fréquemment dans l'eau profonde et noire. La silhouette d'Ebenezer Graymes s'y refléta un bref instant, tandis qu'il s'orientait.

Il longea la berge poisseuse de brume, avant de se fondre parmi les maisons lépreuses. Son regard balaya les façades déliquescentes, aux fenêtres aveugles. Son pas sec renvoyait un étrange écho dans cette fourmilière abandonnée. Peu lui importait d'attirer l'attention des sentinelles de ce territoire. D'ores et déjà il se doutait que la nouvelle de sa présence s'était répandue.

Il prit une venelle sur sa gauche, s'enfonçant toujours plus avant dans ce labyrinthe maculé de suie. Il savait parfaitement quelle était sa destination. Il déboucha sur une lande de pierraille encombrée de rebuts. Au sommet d'un tertre, une construction miraculeusement épargnée par les pelleteuses se dressait tel un château dérisoire, habile mélange de tôle ondulée, de planches et de parpaings. Comme Graymes allongeait le pas, trois hommes dépenaillés se matérialisèrent devant lui. C'étaient de jeunes Noirs de la rue. Ils affichaient un air goguenard et malveillant, tout en caressant ostensiblement des barres de fer passées à leurs ceintures. Graymes les dévisagea à tour de rôle, l'air plus ennuyé qu'effrayé.

– Je viens voir la Madicha, lança-t-il.

Le plus petit de la bande s'approcha de lui sans complexe, malgré la différence de taille.

– La Madicha ne reçoit personne. Et pas les Blancs. T'es sur notre territoire ici. Et t'as eu tort d'y venir.

Graymes répondit d'une voix douce :

– Mon garçon, tu es une bonne sentinelle. Mais à présent, annonce-moi. Ou je le ferai moi-même…

– Essaie toujours.

La barre d'acier siffla aux oreilles du démonologue. Il se contenta d'un infime effacement du torse, saisit son adversaire par le col et le fit voler dans les airs. Les deux autres vinrent à son secours. Graymes esquiva à nouveau, juste assez pour sentir le souffle de leurs coups trop imprécis. Il se faufila entre eux, projeta ses deux mains en avant. Atteint en pleine poitrine, la deuxième sentinelle s'affaissa avec un couinement. Aussitôt, le professeur se retira avec la vivacité d'un cobra qui vient de mordre, en posture d'attente. Sa technique de combat très statique, basée sur l'esquive et la frappe éclair, avait des allures de ballet. Le petit s'ébrouait à peine. Graymes se contenta de l'attraper par le col et de le laisser pédaler un instant dans le vide.

– Consentirais-tu à m'annoncer ?

Le jeune Noir cessa de se débattre comprenant soudain l'inutilité de toute résistance.

– O.K. Je vais prévenir la Madicha.

– Trop tard, gronda Graymes en le rejetant sur un tas de gravats. La prochaine fois, tes frères et toi, faites preuve de plus de discernement ou je ne me contenterai pas de vous tanner le cuir.

Il escalada le passage libre. À son approche, la porte de la cabane s'ouvrit. Une jeune servante de couleur se tenait dans l'embrasure. Elle s'inclina respectueusement devant lui. Il posa une main sur son front.

– Je viens en paix.

La pièce nue dans laquelle il fut introduit était bien plus vaste qu'on aurait pu le supposer de l'extérieur. Des cierges noirs grésillaient, répandant dans l'air des essences inconnues. La Madicha était agenouillée au centre d'une natte constellée de symboles ésotériques. Ses rondeurs opulentes disparaissaient dans les plis amples d'une robe bariolée. Des colifichets tintaient à son cou et ses poignets. Elle se tenait tête baissée, comme absorbée par ses pensées. Graymes ne rompit pas sa méditation. Au bout d'un moment, elle leva lentement son visage, et il observa sans ciller sa figure couturée de cicatrices sacrificielles, où s'exprimait une étrange gravité. Les yeux immenses semblaient des lacs d'eau noire capable d'engloutir, de noyer. D'un geste à peine perceptible, elle invita son visiteur à prendre place en face d'elle.

Graymes plia lentement sa haute carcasse et s'assit face à la prêtresse. Son œil expert identifia rapidement le motif peint sur la natte.

– Tu es Ebenezer Graymes, Commandeur des Abîmes.

Ce n'était pas une question, juste un constat. Sa voix était grave, presque masculine.

– Mais tes autres noms, je les connais aussi... poursuivit-elle. J'ai déjà entendu parler de toi. Ton voyage s'est donc achevé ? As-tu trouvé les réponses que tu cherchais ?

– Certaines. Pas toutes.

– En ton absence, l'ordre a laissé à désirer.

– Je ne suis qu'un homme. Et ma charge est parfois pesante…

– Un homme ? Pour partie. Pour partie seulement.

– Pardonne-moi d'avoir quelque peu malmené tes sentinelles.

– Ceux-là au moins me sont restés fidèles.

– Car d'autres ont préféré épouser la cause d'un nouveau venu… Un certain John Shado, un Faiseur d'Usages dévoyé, n'est-ce pas ?

– Il les a corrompus par de l'argent, des promesses. La magie l'a rendu riche et puissant. Déjà, bien des nôtres le veulent pour chef.

– C'est pour lui que je viens. Il a invoqué un Oundni pour accomplir une Œuvre de Vengeance. Ici. À New York. Cela je ne peux le tolérer. Des innocents sont déjà morts.

– Je suis au courant… Le retour de John Shado est un malheur pour notre communauté. Ou ce qui en reste.

– Il détient une jeune fille en otage. Je veux la retrouver.

– Suis mon conseil. Abandonne-la à son sort. Tu n'es pas à la hauteur d'un marabout tel que Shado. Je suis moi-même démunie face à lui. En un temps que je n'ai pas connu, sur la terre de nos ancêtres, on raconte qu'il a brisé les pactes, profané les tabous. Moi, j'étais une enfant. Ce qui s'est passé autrefois, je l'ignore. Je ne sais qu'une chose. Le retour de Shado annonce la fin de notre paix.

– Ne peux-tu intervenir ? La Madicha n'est-elle pas l'autorité morale des Ohendala ? Leur chef ?

– Aucun des nôtres n'a le droit de toucher un cheveu d'un Faiseur d'Usages. Fût-ce un monstre pervers tel que Shado. D'ailleurs personne n'en aurait le pouvoir. Des forces sombres le protègent.

– Moi, je suis prêt à l'affronter.

– Tu n'es pas l'un des nôtres. Tu es un youplé. Un blanc.

– Justement. Désigne-moi comme protecteur. Cela, les rituels l'autorisent. Mais tu dois me dire qui est au juste ce Shado et quel est son but. À qui voue-t-il une haine assez féroce pour invoquer un Oundni ?

– Je ne puis rien te révéler sur Shado. Seul notre patriarche, Abe Anchebo le pourrait... C'est une vieille histoire, un vieux tourment de notre peuple. Le cercle aujourd'hui se referme.

– Anchebo ? L'ancien chef ? Est-ce contre lui qu'est dirigée l'Œuvre de Shado ?

La Madicha ne daigna pas répondre.

– Tu connais bien nos usages. Mais tu sais

que pour être intronisé, tu devras subir l'épreuve de l'Onction.

– Je ne la redoute pas.

– On dit que du sang de démon coule dans tes veines, et que le temps n'agit pas sur toi de manière ordinaire. Je sais que tu es capable d'affronter ces forces, que tu en as vaincu de semblables par le passé. Mais tes pouvoirs ne sont pas sortis intacts de ta retraite. Tu as changé. Je peux le lire en toi.

– Crois ce que tu veux. Mes secrets sont miens. Intronise-moi le défenseur de ta communauté.

– Sais-tu bien ce que cela signifie ? Si tu agissais pour une raison impure, une raison cachée, si tu utilisais ce nouveau pouvoir à des fins personnelles, l'Onction ne se graverait pas dans ta chair et le Cauchemar t'anéantirait.

– Je suis prêt, répéta Graymes. Dis-moi seulement qui vise l'Œuvre de Shado.

– Tu le sauras. Si tu survis à l'Onction.

Graymes jeta devant lui les pièces d'or dont il s'était pourvu. Il déboutonna son col. Sèchement, il dénuda son torse trop blanc. La jeune servante revint, portant un brasero fumant à bout de bras. Elle le déposa devant sa maîtresse, puis s'esquiva. Plongé à demi dans les braises, un creuset de métal rougeoyait. Une à une, la Madicha jeta les pièces à l'intérieur.

La chaleur âcre de l'or fondu saisit Graymes à la gorge. Il la sentit se répandre au fond de son être. La crainte monta en lui, et le doute. La Madicha avait raison. Il avait changé. Pourrait-il supporter l'épreuve ? Il dut rassembler toute son énergie. L'Onction pouvait détruire sa raison. Un ruisselet de sueur dégoulina le long de sa tempe. Il tint son regard fixé sur le creuset, sur les bulles grasses qui s'agitaient à la surface du liquide en fusion. Une peur instinctive noua ses entrailles. Fut-ce une illusion auditive ? Quelque part, l'obscurité palpita du battement sourd d'un tambour.

La Madicha s'approcha de lui. Elle apposa ses deux mains sur son front et se mit à réciter une puissante incantation. Les yeux révulsés, elle murmurait des formules enfouies dans un passé d'avant l'homme. Graymes serra les mâchoires en la voyant qui retirait le creuset des braises à l'aide d'une tenaille. Il sentit le souffle brûlant sur son visage.

La Madicha inclina doucement la coupelle bouillonnante sur sa poitrine. Graymes vit poindre la première larme d'or, prête à s'écouler. À cet instant, les doigts de la prêtresse crochèrent ses cheveux et elle lui renversa la tête en arrière. Son hurlement déchira la nuit.

Et le tambour se tut.

Chelsea s'éveilla soudain, glacée de peur. Aux cris suraigus, aux feulements sourds qui peuplaient l'obscurité, venait de s'ajouter un pas qu'elle ne connaissait que trop. La porte de la cellule s'ouvrit, un rai de lumière filtra. Terrifiée, elle eut un mouvement instinctif de recul, vite interrompu par la roche humide et coupante dans son dos. Si elle avait pu s'y fondre, disparaître à jamais... Du coin de l'œil, elle surveilla l'homme qui s'approchait, une torche à la main. Elle le reconnut au bruit que faisaient ses amulettes. Du moins il n'était pas venu avec la chose, cette fois. Ce fut pour elle un soulagement inexprimable. Elle toléra presque qu'il caressât ses cheveux souillés avec sa longue main sèche. Aucune tendresse dans ce geste. Aucun réconfort. Comme à un animal qu'on s'apprête à abattre.

– Rassure-toi, murmura Shado. Tout cela va bientôt prendre fin. L'Oundni a bien travaillé. J'ai retrouvé mon ennemi. Avant ce soir l'Œuvre sera accomplie. Et alors...

Un sourire féroce découvrit ses dents pointues. Chelsea aurait voulu le supplier, dire quelque chose, mais sa langue était toujours paralysée. Shado lui désigna la mare d'eau fétide.

– Bois si tu as soif.

Soudain, il se figea, comme attentif à un bruit lointain. La colère se lut sur son visage et il se précipita au dehors. La lourde porte claqua. Le verrou tinta, et Chelsea retourna à la nuit.

Graymes s'ébroua. Il était étendu sur quelques feuilles de journaux. Une clarté grisâtre filtrait des carreaux cassés. Sous l'effet du courant d'air, la porte caquetait par intermittence. Aucune trace de la Madicha ni de sa servante. La cabane n'était qu'un infect réduit où pullulaient les rats. Et si tout n'avait été qu'un rêve ? L'occultiste savait qu'il n'en était rien. La douleur lancinante brûlait encore dans les profondeurs de son être, les images du Cauchemar restaient gravées dans son cerveau. Ses doigts palpèrent la cicatrice dorée en forme d'upsilon logée dans le creux de son sillon thoracique. Il se rendit compte qu'un papier froissé avait été glissé dans sa main.

Abe Anchebo, le Patriarche. Brink Hotel, Amsterdam Avenue.

L'après-midi touchait déjà à son terme. Les premières ombres griffaient les mornes étendues du Bronx. Quelque part, une autre créature se faufilait déjà, flairant sa piste.

Les yeux fermés.

LE DESTIN DES OHENDALA

Le jour tombait. Les passants se hâtaient de regagner leurs pénates. Une pluie fine vernissait l'asphalte crevassé d'Amsterdam Avenue. À en juger par les monceaux d'immondices qui s'entassaient sur le trottoir, les services de l'hygiène passaient rarement par ici. Ebenezer Graymes se dressa au milieu de la chaussée, au mépris des invectives des automobilistes. Il considéra avec méfiance l'alignement édenté des immeubles. L'inscription « Brink Hotel » se noyait parmi les panneaux publicitaires. Du linge pendait aux fenêtres, apportant une touche de couleur incongrue dans cette misérable grisaille.

Ignorant les quolibets, l'occultiste se fraya un passage parmi une bande de jeunes désœuvrés qui avait élu domicile sur le perron et poussa la porte de l'hôtel. Dans les étages, une radio s'égosillait au rythme d'un classique reggae. Un vieux Noir frileusement emmitouflé dans une canadienne somnolait derrière le comptoir d'accueil. Il s'ébroua vivement lorsque Graymes martela la sonnette. Constatant l'étrange aspect de son visiteur, il se hâta de reprendre contenance et récita d'une voix monocorde :

– On loue à la semaine. Six dollars. Eau chaude comprise.

– Je ne désire pas louer. Je cherche Abe Anchebo.

– Connais pas.

– La Madicha m'envoie. Dis-moi où il se trouve... Dis-le moi...

Le Noir roula des yeux. Il lui sembla un instant que sa vue se brouillait. Il s'entendit répondre.

– Anchebo ? Sous-sol. Prenez l'ascenseur.

– Je préfère l'escalier.

– Mais il est réparé, mon ascenseur !

Sans en écouter davantage, Graymes s'élança dans le couloir. L'entresol était occupé par une blanchisserie où des Chinois faméliques s'affairaient dans les vapeurs de détergents. Au passage de l'homme vêtu de noir, ils s'écartèrent sur-le-champ. Silencieux. Fictifs. D'instinct, Graymes se dirigea parmi le dédale de corridors graveleux. Il pouvait sentir la présence de l'homme caché, de l'homme terré que dévorait sa peur...

Il s'arrêta devant une porte badigeonnée à la hâte de peinture verte. En l'effleurant, il sentit l'existence d'un charme magique. Sans doute quelque inscription dissimulée là. Il toqua légèrement. Aucune réponse ne lui parvint. Du bout des doigts, il poussa alors le battant. Un réduit sordide s'offrit à son regard, éclairé par une simple ampoule nue. Le salpêtre moisissait les murs. Unique ouverture sur le monde, un soupirail obturé par des barreaux apportait les bruits étouffés de la rue. Une odeur entêtante de médicaments flottait dans l'air.

Graymes avança d'un pas lent. Dans un coin était posé une valise. Nul mobilier à l'exception d'un fauteuil à haut dossier placé dans la dernière lueur du crépuscule. De l'accoudoir pendait un long bras décharné.

– Entrez, qui que vous soyez ! lança une voix faible.

L'occultiste contourna le siège. Un Noir minuscule, aux traits émaciés, à la mâchoire saillante s'y trouvait recroquevillé, ses jambes repliées sous lui. La déchéance physique lui avait ôté tout âge. Graymes, peu prompt à s'émouvoir, fut troublé par le regard pathétique levé vers le soupirail, comme pour y dérober les derniers lambeaux du jour qui fuyait.

– Abe Anchebo ?

L'homme considéra son visiteur avec indifférence. Dans ses yeux couvait pourtant un feu sombre qui semblait résister à la souffrance et l'épuisement. Il remua son bras gauche, à l'extrémité duquel pendait un revolver. Graymes esquissa un mouvement de défense.

– N'ayez aucune crainte. Il n'est destiné à personne d'autre que moi. Le moment venu... C'est tout ce qu'il me reste. Je ne le laisserai pas m'emporter. Non, cela... cela serait inimaginable.

En dépit de sa voix éteinte, Anchebo s'exprimait encore avec clarté. Sous ce masque de détresse, Graymes devina l'intelligence et la franchise.

– J'ai été Abe Anchebo, poursuivit le vieillard. Et vous, qui êtes-vous ?

– Professeur Ebenezer Graymes. La Madicha m'envoie.

Anchebo parut surpris. Un sourire las passa sur ses lèvres. Il se renfonça dans le fauteuil.

– Tout est inutile. Elle court déjà un grand risque en voulant me soustraire à la vengeance de Shado. Et vous, partez pendant qu'il en est temps. Nul ne peut se dresser contre ce qui vient. Et surtout pas un youplé. Les youplés ne savent rien de nos rituels. Ils ignorent jusqu'à l'existence de notre communauté. Ils ignorent quelles sont nos racines et quel pays était le nôtre.

– Il est exact que j'ignore votre histoire. Mais vos croyances me sont connues. J'ai reçu l'Onction.

Ce dernier argument parut surprendre le vieillard. Il tendit un doigt tremblant en direction de la poitrine du démonologue. Celui-ci sentit à nouveau la douleur s'agiter en lui, et réprima à grand-peine une grimace.

– Vous dites la vérité. Je sens une grande force en vous. L'Onction... Faut-il que la Madicha vous croie assez puissant pour... Qui êtes-vous au juste ?

– Quelqu'un qui ne peut laisser Shado agir à sa guise.

– Shado... Qui pourrait l'arrêter ? Sa haine est si violente, si effroyable... L'Oundni est en route. Il a retrouvé ma trace, je le sais. Je puis encore sentir ces choses-là. Les pauvres charmes que la Madicha a tenté de déployer pour l'égarer n'ont fait que reculer l'échéance.

– C'est la raison de ma venue. Vous n'êtes plus en sécurité ici. Je dispose d'une retraite où vous serez provisoirement à l'abri. Le temps pour moi de mettre un terme aux agissements de Shado.

– Non... Non. La route se termine ici. Ainsi que vous le voyez, professeur Graymes, je n'en ai plus pour très longtemps à vivre. Quelques heures peut-être. L'Oundni arrivera trop tard. Je vous remercie de votre intérêt pour ma personne. Laissez-moi vous conter une histoire. Peu de gens la connaissent. Elle semble appartenir à un autre âge, et pourtant...

Voici bien longtemps sur un autre continent, vivait une tribu de bergers. Ils se faisaient appeler les Ohendala – qui signifie dans notre langue Hommes des Origines. Car aussi loin que remontait leur mémoire, ils avaient toujours occupé ce coin de savane brûlante et peu hospitalière et pensaient descendre des tout premiers êtres humains.

Cette communauté vivait en paix avec elle-même et la nature qui l'entourait. Dans cette contrée l'eau était rare et chaque goutte de pluie valait un trésor. Vint un temps où le sol se dessécha plus encore, où la famine décima les troupeaux, où la maladie supprima les nouveau-nés. Le chef de la tribu convoqua le conseil. Il fut décidé d'abandonner la terre de nos ancêtres, et de trouver ailleurs, aux abords d'un lac, les moyens de notre subsistance. Il fallait partir. Ou mourir. Mais le Faiseur d'Usages s'opposa violemment à cette décision, accusant le chef d'abandonner notre ancienne vie et nos dieux. Il menaça d'invoquer les sombres divinités. Le chef resta ferme. Seule comptait la survie de son peuple. La dernière nuit avant le départ...

Les yeux d'Anchebo se voilèrent.

– La dernière nuit avant le départ, quelque chose d'innommable survint. On entendit des hurlements, des piétinements... Le temps d'accourir, il était trop tard. Je trouvai ma hutte dévastée. Selon des témoins, mon épouse et mon fils avaient été emportés par une créature inimaginable... Si je n'avais palabré à cette même heure chez les anciens, j'aurais sans doute subi le même sort. Mon épouse. Mon fils... Il n'est pas une nuit depuis où je ne sois hanté par ce drame. Non, pas une.

Je fis prisonnier le Faiseur d'Usages. Mais il est dit que nous ne pouvons toucher un cheveu de celui qui porte la marque rituelle des serpents enlacés. Je le confiai à la garde d'un marabout bien connu de la région, seul à même de se prémunir de sa magie. En échange, je promis de veiller sur sa fille, la Madicha, qui se joignit à nous. Paix à ce sage. Voici deux ans, nous avons appris sa mort et la disparition de Shado. Dès lors, nous avons su qu'il nous retrouverait, qu'il chercherait à se venger de moi. La contrée des Ohendala n'est plus que sable, aujourd'hui, mais nos divinités sont encore bien vivantes... Pouvais-je agir différemment ? Je ne crois pas. Nous avons longtemps erré avant d'arriver ici. Au moins, nous sommes vivants. Des enfants Ohendala sont nés sur ce sol. Une nouvelle génération voit le jour.

Comme il prononçait ces derniers mots, Graymes tendit soudain l'oreille. Prudemment, il jeta un œil dans le couloir envahi par les vapeurs. Là-bas, dans la pénombre fuligineuse, il crut voir une ombre se déplacer furtivement. Il fut parcouru d'un étrange pressentiment, identique à celui qui l'avait traversé à l'hôpital. Il saisit le vieillard, et le jeta sur ses épaules malgré ses protestations.

– Taisez-vous ! Et accrochez-vous !

Il bondit à travers le corridor enfumé. Impossible de regagner la rue par là. Il n'avait nul besoin de se retourner. Il sentait la créature lancée à ses trousses. Ce dédale semblait ne mener nulle part. D'instinct,

Graymes le savait, il devait sortir de ce champ clos où les ombres trop nombreuses permettaient au prédateur de se déplacer à une vitesse folle. Il décela un courant d'air sur sa gauche. Un passage peut-être... Il tourna. Presque aussitôt il comprit son erreur. Cette issue était obturée par une grille derrière laquelle bourdonnait un grand ventilateur. Le temps de faire volte-face et il était trop tard. La créature se trouvait déjà dans la pièce. Invisible pour l'œil ordinaire, certes, mais non pour les sens aiguisés de l'occultiste. Elle se tenait là, tout près. Les yeux clos. Jouant parmi les atomes de ténèbres.

Graymes laissa Anchebo glisser contre le mur sans quitter un instant des yeux l'extrémité du couloir. Il se plaça dans un rai de clarté lunaire qui tombait d'un soupirail. Lentement, il tira Shör-Gavan l'épée elfique et fléchit ses jambes. Il inspira lentement par les narines. Un infime déplacement d'air l'avertit de l'attaque. Il fouetta l'espace d'un large coup circulaire. Une fraction de seconde, deux yeux jaunes s'ouvrirent dans le noir et disparurent.

Graymes pouvait sentir l'Oundni tourner autour de lui, renifler la faille. Mais pas trop près, par crainte de la terrible lame. Sur son flanc droit, l'occultiste sentit l'ombre bouger. Il frappa au jugé, mais une fois encore ne rencontra que le vide. Une poigne glacée se referma sur son poignet. Graymes lâcha un cri. L'épée lui échappa et vola à travers la pièce pour se ficher au plafond. L'occultiste se débattit comme un forcené et parvint à dégager sa main. Deux bras gigantesques, pareils à des tentacules apparurent soudain dans le cercle lumineux et cherchèrent à se refermer sur lui. Il s'en fallut de peu qu'ils n'y réussissent. Graymes lança une imprécation.

– Arn obath nir !

Aussitôt, des étincelles bleues s'échappèrent de la paume de sa main et se mirent à bondir un peu partout comme des sauterelles. Un cri étrange, cristallin, jaillit. Une haute silhouette d'ébène, d'une maigreur effarante, se matérialisa parmi les aigrettes endiablées. Sa vue emplit Graymes de répulsion. Profitant de ce répit, il bondit dans les airs et arracha son épée à la voûte. D'un coup net il fracassa le grillage derrière lui et les pales du ventilateur fusèrent à travers le couloir. Sans attendre que le terrible adversaire ne revienne de sa surprise, Graymes saisit Anchebo et descendit le long de l'étroite bouche d'aération telle une araignée. D'un coup de pied, il fit sauter une seconde grille et déboucha dans une ruelle déserte.

Anchebo était au bord de l'épuisement.

– Laissez-moi ici. Moi, je suis condamné, mais vous ! Vous ignorez ce qu'il vous fera.

Refusant de l'écouter, le démonologue le saisit sous son bras et l'entraîna avec lui. Son pas précipité résonna entre les immeubles aveugles. Un coup d'œil dans son dos lui permit de distinguer l'Oundni bondir à son tour hors du conduit. Il glissait au-dessus du sol comme une vague ténébreuse. Graymes souleva Anchebo et se mit à courir aussi vite que possible. Lui aussi savait utiliser les ombres. Il sentit bien une main glacée effleurer son épaule. Mais elle ne put le saisir. La protection de l'Onction faisait son œuvre...

Il traversa à grandes enjambées un pont autoroutier et sautant par-dessus le parapet se laissa tomber de plusieurs mètres dans un chantier. Sur son épaule, le vieillard gémit. Pour seule réponse, Graymes émit un curieux feulement et partit à toutes jambes vers la rivière. Le prédateur des ténèbres n'avait pas lâché prise. L'occultiste pouvait discerner le souffle de son déplacement rapide. À nouveau, il éprouva l'abject contact de la main griffue. Son manteau se déchira.

En contrebas, l'Hudson jetait des reflets sombres.

Le démonologue déboucha dans Manson Avenue. Là, les trottoirs étaient encore encombrés de passants. Les bandes commençaient à investir les lieux, se livrant aux trafics les plus divers. Des filles court vêtues se cambraient avantageusement. Les voitures ralentissaient... Graymes bondit vers l'une d'elles. Il ouvrit la portière et poussa Anchebo sur la banquette arrière. Le conducteur, un petit gros à lunettes, au crâne déplumé, poussa un cri :

– Hey, sortez de ma caisse ! J'suis pas un taxi !

Graymes le saisit à la gorge.

– Montague Street, ou tu es un homme mort.

Doucement, il desserra l'étreinte. Le chauffeur balbutia :

– O.K. Fallait le dire. C'est bien simple. J'fais ça toute la sainte journée. J'conduis les mecs où y veulent, quand y veulent !

Il démarra en trombe. Graymes jeta un coup d'œil par la lunette arrière. L'Oundni ne les avait pas suivis. Peut-être trop de lumières. À moins qu'il n'ait renoncé à se montrer devant tant de témoins. Graymes avait bien compté là-dessus. Il se pencha sur Anchebo :

– Nous arrivons. Vous serez bientôt en sûreté.

Le vieillard acquiesça lentement. Il semblait à bout de forces. À peine le pont de Brooklyn dépassé, Graymes lança au conducteur :

– Arrêtez-nous ici.

– Et comment ! Et si je vous demandais vingt dollars pour la course, hein ?

Un regard de Graymes le dissuada d'en dire davantage. Il repartit sur les jantes. Le démonologue aida son compagnon à marcher.

– Un dernier effort…

– Vous êtes fou. Nulle part nous ne serons en sécurité. Vous l'avez distancé. Mais il nous retrouvera. N'importe où.

– Peut-être.

Ils traversèrent un carrefour désert. À cet instant Graymes sut que des forces hostiles se massaient autour d'eux. Il prit de nouveau le vieil homme grelottant sur son épaule et courut droit devant lui. Une seconde, Anchebo eut l'impression que les distances s'abolissaient, que la nuit les environnait. Volaient-ils ? Il fut saisi d'un vertige. Quand il rouvrit les yeux, ils se trouvaient au pied d'une haute maison couverte de lierre. Elle semblait hors du monde, abandonnée.

Graymes traversa la rue comme une flèche. À cet instant, des ombres affluèrent de tous côtés, convergeant sur eux. Dans la pénombre, des lames brillèrent. Graymes n'eut que le temps de s'engouffrer dans l'immeuble et de bloquer la porte derrière lui avec un madrier. Promptement, il s'élança dans les escaliers, laissant ses poursuivants cogner au battant. Comme il pénétrait dans ses appartements, son instinct l'avertit d'une présence. Il se tourna vivement, la main sur la poignée de son épée. Il reconnut à temps la forme contrefaite de Hatto Goffon.

– Tu tombes mal, nabot !

– Ah, Maître ! s'écria le nain. La maison est encerclée, le quartier aussi ! Ils sont partout !

– Et toi tu es ici ?

– Évidemment ! Pour vous servir, maître !

– Va au diable. C'est toi qui les as conduits ici, je le devine. Je sais quel est ton jeu dans tout cela, ne te leurre pas.

Sans lui accorder plus d'attention, Graymes conduisit Anchebo dans son cabinet secret. Là, il l'étendit sur son lit et épongea la sueur de fièvre qui perlait à son front.

– Ici, nul ne peut vous atteindre. Pas même un Oundni. Reposez-vous.

Le vieillard le retint par le bras.

– Je… Je n'ai pas retenu votre nom…

– Graymes. Ebenezer Graymes.

– Vous avez eu tort, professeur. Il me reste si peu à vivre. Ils seront sans pitié pour vous. Sans pitié…

Une grimace se peignit sur son visage. Un spasme le secoua et il se raidit. Graymes tendit la main, comme pour essayer de le retenir… Il était déjà trop tard. Tout ce mal en vain. Le patriarche était mort. Usé par la maladie, la peur… Les événements de ce soir n'avaient fait qu'accélérer le processus inexorable. Du moins l'Oundni n'avait pu l'atteindre et l'emmener. La vieille haine de Shado ne trouverait pas son accomplissement. Mais cela, il devait continuer de l'ignorer. Graymes recouvrit l'homme d'un drap et repassa dans la pièce principale. À sa vue, Hatto Goffon se liquéfia :

– Maître, avez-vous perdu l'esprit ? Il faut fuir, maître, il faut fuir. Ils sont trop nombreux. Ils nous écharperont ! Livrez-leur cet homme.

– Fuir ? Une fois m'a suffi. Et cesse de baver sur mon plancher, crapaud infect. Rends-toi utile. Fais savoir à ceux qui sont dehors que celui qu'ils veulent est ici et qu'il y restera.

– Mais… ils le savent déjà, Maître ! Et si j'ouvre, ils donneront l'assaut !

Graymes se pencha au-dessus de lui, et le nain eut le sentiment que sa silhouette s'allongeait dangereusement.

– Va.

Le nain n'attendit pas davantage. Pestant en son for intérieur, il prit ses jambes à son cou. Le démonologue avança son fauteuil jusqu'au milieu de la pièce, dans un rayon de lune. Le menton posé sur la poignée de son épée, il fixa le seuil, les yeux mi-clos, tel un félin aux aguets…

Bob Single avait une arrière-pensée en pénétrant au *Pittsburgh*, bar qui faisait l'angle d'Ambrosian et de la 8e rue, à deux pas du commissariat. Là se réunissaient en effet après le service bon nombre de policiers, y compris ceux qui étaient en congé. Il pensait bien que le capitaine Meredith s'y trouverait. Même lorsqu'il ne travaillait pas, il ne restait jamais très loin de son cher bureau. Il n'était pas marié, ne vivait que pour son travail et appréhendait plus que quiconque le jour de la retraite. D'aucuns disaient qu'il ne pourrait jamais se réadapter à une existence normale.

Single le trouva en effet, en grande conversation avec quelques collègues. Quand Meredith n'était pas en service, il abolissait volontiers les barrières du grade et ne rechignait pas à s'entretenir avec les flics de base, ceux qui arpentaient inlassablement les mêmes rues que lui. En apercevant le jeune lieutenant, le capitaine dut comprendre qu'il était ici pour lui. Aussi lui adressa-t-il un signe discret, et emportant sa chope de bière, le guida vers une table à l'écart.

– Toujours cette affaire Chelsea Farmer ? questionna-t-il sans préambule. Ou doit-on à présent l'appeler d'un autre nom ? Une bière, fils ?

– Non, merci. Je passais vous voir pour obtenir un feu vert.

– Un feu vert ?

– Je connais l'identité du type qui a fait kidnapper Chelsea Farmer à l'hôpital. Un certain John Shado. Il n'a pas de casier chez nous. Mais il est arrivé voici trois mois. S'il a un visa, il ne peut être de longue durée. Pas d'activité connue, mais de l'argent. En attendant mieux, on pourrait le coffrer pour ça.

Meredith hocha la tête.

– Pas une bonne idée, Single. Ce Shado, qui est-il au juste ? Une sorte de sorcier ?

– Comment le savez-vous ?

– Parce que votre information provient sûrement de Graymes ? Eh bien ne touchez à rien. Laissez faire ce type. Oui, laissez-le faire. Je l'ai vu à l'œuvre. Il n'a pas son pareil pour régler ce genre de problèmes.

Single tiqua :

– Est-ce à dire qu'il pourra l'abattre en toute impunité ? Sans que nous levions le petit doigt ?

– C'est déjà arrivé, répliqua froidement le capitaine. Graymes a eu maille à partir avec la justice. Et il s'en est tiré à chaque fois. Et vous voulez savoir pourquoi ? Parce qu'il exécute un boulot dont personne n'oserait se charger à sa place.

– Est-ce la raison pour laquelle l'affaire Carolyne ne figure même plus aux archives ?

– Vous voulez savoir comment s'est terminée cette affaire, Single ? Je vais vous le dire. Je suis assez saoul pour ça. Écoutez bien. Un jeune type du nom d'Andy Carolyne appartenait à une secte satanique. Un beau jour, il a voulu s'enfuir du refuge où il vivait en communauté avec un tas d'autres paumés comme lui. La nostalgie de la vraie vie, de sa famille, peu importe... Je ne sais pas si c'est par hasard ou parce qu'il le connaissait de réputation mais il a demandé à Ebenezer Graymes de le protéger, car il savait ce qu'il risquait en trahissant la secte.

Graymes avait d'autres tisons sur le feu à l'époque si je me souviens bien... Il n'a pas accordé tout l'intérêt qu'il aurait dû à Carolyne. Et une nuit, on a retrouvé Carolyne dans une station de métro peu fréquentée. Pas loin d'ici. Déchiqueté comme par une bête fauve ou une meute acharnée. Meurtre rituel. Graymes s'est mis en quête du coupable. Comment est-il arrivé jusqu'à cette cave désaffectée de South Street, je l'ignore. Le Professeur semble disposer d'un réseau d'informateurs très particulier. Mais j'étais avec lui cette nuit-là, quand il a débusqué cette créature, cette chose... Un être inimaginable, indescriptible... Un démon. Oui, je vous jure, un vrai démon. Graymes l'a abattu, sous mes yeux. Avec une épée de quatre pieds de long ! Quant au chef de la secte satanique, on l'a retrouvé peu de temps après, la gorge tranchée, dans des circonstances jamais élucidées. Et vous voudriez que tout cela figure dans un rapport en bonne et due forme ? Et qui l'aurait rédigé ? Moi ? ... Jamais de la vie. Chaque nuit, Single, je me réveille en sueur au simple souvenir de ce qui s'est passé là, dans cette cave de South Street. Parce que je me dis qu'il y a d'autres caves dans cette pourriture de ville. Et d'autres horreurs qui se perpètrent quotidiennement. Et des chasseurs du type de ce Ebenezer Graymes.

Meredith acheva son verre d'une lampée. Il tremblait, cet homme que rien n'effrayait dans la rue... Il tremblait comme un enfant au sortir d'un cauchemar.

– Je retourne voir Graymes, laissa tomber Single. Et je ne le lâcherai pas d'une semelle tant que nous n'aurons pas retrouvé cette gosse.

Meredith approuva lentement, les yeux dans le vague.

LA PART DE L'OMBRE

Il ne fallut guère de temps avant que l'écho de pas feutrés se répandît dans la maison silencieuse. Graymes dénombra une demi-douzaine d'hommes qui grimpaient l'escalier. Il les sentit longer les murs, s'infiltrer dans le vaste loft en se protégeant derrière les pilastres de métal boulonnés. Graymes vit briller leurs longues et fines takoubas du désert, promptes à transpercer les chairs. Lentement, il se leva et se mit en garde. Deux silhouettes fondirent sur lui, armes brandies. Shör-Gavan balaya l'espace d'un éclair mordoré et brisa net ses opposantes. Graymes abattit le tranchant de sa main sur les cervicales d'un troisième homme qui tentait de le prendre à revers. Un craquement sec se produisit. Puis le saisissant comme bouclier, il s'en servit pour parer l'assaut général. Cet affrontement muet, dans la clarté lunaire, ponctué du tintement acéré des lames, avait des allures de ballet fantomatique.

L'occultiste laissa les langues d'acier se planter dans le cadavre, avant que de le rejeter loin de lui. Puis il engagea la riposte. Serrant sa garde à deux mains il se rua en avant, sans se soucier des estafilades qui perçaient la lourde étoffe de son macfarlane. Dessinant des alphas d'une rapidité extraordinaire, il déstabilisa promptement le rang de ses agresseurs. Deux Noirs s'effondrèrent, comprimant qui leur ventre, qui leur gorge. Le sang gicla sur le plancher. Les autres durent rompre pour échapper au tourbillon de métal qui arrachait tout sur son passage. Graymes ne leur permit pas de se réorganiser. Habitué des corps à corps, il savait profiter du moindre fléchissement de l'ennemi. Aussi souple qu'un serpent, il s'immisça parmi eux et trancha à nouveau. Une tête roula. Cette fois, un vent de panique gagna la bande qui en grand désordre reflua vers la sortie.

Graymes renonça à les poursuivre. Il s'approcha d'un des blessés, leva son arme. L'infortuné ouvrait des yeux suppliants, démesurés. Le démonologue le saisit par le col et l'obligea à se remettre debout.

– Va dire à Shado que je désire parlementer. Qu'il vienne, mais seul.

Il ne fallut guère de temps avant que la silhouette du Faiseur d'Usages se matérialise. Tout vêtu de blanc, il avança à visage découvert, sans malice apparente.

– Tu ressembles de plus en plus à un prestidigitateur... railla Graymes.

Shado ne répliqua pas à la provocation. Il contourna prudemment le rayon de lune qui baignait le centre de la pièce.

– Bonsoir, Commandeur. Je regrette ce qui vient de se passer. Sincèrement. Mes fidèles ont pris les choses un peu trop à cœur...

– C'est certain, répondit Graymes. Et puis tu n'aurais pas commis l'erreur de m'agresser ici, au siège de mon pouvoir. N'est-ce pas ?

– Il va sans dire.

– Où donc est ta créature ? A-t-elle encore perdu notre trace ?

Shado pâlit, puis marmonna quelque chose d'incompréhensible.

– Elle est ici. Toute proche. Tu l'as semée momentanément grâce à tes nouveaux pouvoirs qui viennent de l'Onction. Et à ta ruse.

Graymes pressentit en effet un mouvement dans l'ombre immédiate. Un froid bien connu. Ses doigts se raidirent autour de la poignée de son arme. Il n'en quitta pas pour autant son interlocuteur des yeux.

– Je lui déconseille de toucher certains sceaux. Ou elle s'en repentira.

Shado esquissa un geste conciliant :

– Voyons... Cette dispute est ridicule. Je suis venu parlementer. Tu vois, je suis sans magie, sans protection. Et toi-même...

– N'aie crainte. Je suis protégé.

Le visage du sorcier se durcit :

– Tu détiens celui que je veux. Celui pour lequel j'ai attendu une vie entière et accompli un long voyage. Moi, je détiens une jeune fille à laquelle tu sembles tenir. Pourquoi ne pas faire un échange ?

Graymes s'attendait à pareille proposition.

– Où est Chelsea ?

– Dans ma retraite.

– Rien ne me prouve qu'elle soit en vie.

– Rien ne te prouve le contraire.

– Si. Le peu de cas que tu fais de la vie humaine.

Soudain, Graymes eut l'impression qu'un pan d'ombre se détachait du mur et glissait insidieusement en direction du cabinet secret. Pourtant il ne bougea pas un cil. À son habitude, l'Oundni reniflait, furetait. Une étincelle illumina soudain la pièce. Un choc sourd se produisit. La créature poussa un cri, parut rebondir en tous sens sur les murs et finalement traversa la baie vitrée dans un grand éclat de verre. Le vent s'engouffra, empli d'une puanteur âcre.

– Tu aurais dû m'écouter, commenta Graymes. Un Oundni lui-même ne peut franchir certains sceaux. Ni voir à travers certaines portes.

Plié en deux, Shado grimaçait. Il semblait avoir reçu un coup dans l'estomac. Quand il se releva, son visage était horriblement déformé. Les cicatrices mauves qui couvraient ses joues semblaient s'être encore allongées. De la salive coulait aux commissures de ses lèvres. Il s'essuya d'un revers de main.

– Tu le paieras cher. Quand tout ceci sera fini. Mais le marché tient. Anchebo contre la fille. Je sais qu'il est ici. Livre-le moi avant l'aube, dans l'ancien vivarium du zoo. Ou ta protégée mourra dans des souffrances que tu ne peux imaginer. Au moins l'Oundni ne repartira pas seul...

Sur ces mots, Shado s'évanouit. Graymes demeura immobile. Le vent glacé qui pénétrait dans le loft giflait son visage. D'un geste sec, il tira les rideaux. À cet instant, un nouveau pas se fit entendre. À peine si le démonologue se retourna. À la vue du carnage,

Single sentit la sueur couler de son front. Il tenait encore son 38 spécial.

– Mon Dieu, s'exclama-t-il. Que s'est-il passé ici ?

– Un simple échange de point de vue.

– Pas la peine de me faire un dessin. Je viens de voir d'autres types s'échapper là en bas, et un gars en limousine… Bon sang, ils avaient des épées, Graymes, vous vous rendez compte ?

L'occultiste remisa la sienne dans les profondeurs de son long manteau, stoppant net son flot de paroles.

– Nous n'avons pas le temps de discuter de cela maintenant. Aidez-moi. Je sais où se trouve Chelsea et j'ai un plan pour la récupérer. Goffon ! Où est Goffon ! Damné crapaud, ne m'oblige pas à utiliser l'Art pour te contraindre.

Le saisissant par l'oreille, il tira le nabot de derrière une tenture.

– Oh, non, pitié Maître. J'ai déjà fait tout ce que vous désiriez. Laissez-moi partir. Nous avons affaire à trop forte partie.

– Nullement. Et cela grâce à toi, loyal crottin de lézard !

Ebenezer Graymes se laissa retomber de l'autre côté de la grille sans plus de bruit qu'une feuille morte et demeura tapi dans l'obscurité. Sitôt après la fermeture, le zoo retrouvait son aspect de microcosme primitif. Dans l'ombre des gratte-ciels, en dépit de leur captivité, les animaux régnaient à nouveau, eût-on dit, comme en ces temps éloignés où l'homme n'était qu'une proie, terrée dans de sombres cavernes. L'appel rauque des fauves, le jacassement insensé des perruches, le babil des macaques évoquaient les savanes ancestrales, les peurs oubliées. Mais cette excitation anormale n'était pas seulement le fait du clair de lune. Les bêtes devaient sentir la présence dérangeante de forces contre nature.

Shado n'avait pas choisi ce lieu de rencontre par hasard.

Graymes remonta l'allée bordée d'épais buissons. Au sommet d'un tertre, il distingua l'ancien vivarium creusé dans la roche et surmonté d'un dôme de verre. Il avait l'aspect d'une tortue engluée dans les lierres.

Le démonologue se faufila jusqu'à l'entrée condamnée par des planches disjointes. Si ses sens ordinaires ne lui révélaient rien d'anormal à l'intérieur, d'autres facultés intuitives l'avertissaient de présences hostiles toutes proches, d'infimes déplacements dans l'obscurité. Cela ne fit qu'ancrer plus sûrement en lui la certitude que Shado n'avait nullement l'intention de remplir sa part du marché et qu'il faudrait jouer serré. D'ailleurs lui-même n'avait qu'une maigre carte à jouer.

Se faufilant par un interstice, il se glissa à l'intérieur. L'obscurité était dense. Le relent musqué des reptiles assaillit ses narines. Il longea sur la pointe des pieds les enclos vitrés, autrefois refuges des grands pythons et des cobras. Quelque part résonna un bruit curieux, évoquant celui d'une râpe à bois. Un gémissement le suivit de près.

Un gémissement humain.

Son regard fouilla la pénombre avec avidité. Il discerna les contours de la fosse aux sauriens. À l'intérieur dansait une lumière rouge. Promptement, il se pencha par-dessus le muret en ciment. Une torche brûlait, ancrée dans le mur. En dessous d'elle, une silhouette pâle, debout sur la pointe des pieds, cherchait un improbable moyen d'escalader la paroi. Non loin, vautrées dans les mares artificielles et putrides, de longues formes crénelées resserraient leur étau.

Graymes laissa échapper un sifflement vindicatif. Sans se soucier du danger, il enjamba le rempart et se laissa tomber dans la fosse. Aussitôt, les reptiles voltèrent rageusement dans sa direction. Jouant de son agilité surnaturelle, l'occultiste les esquiva et d'un bond franchit leur rempart écailleux. De sinistres claquements de mâchoires saluèrent sa prouesse. En une seconde, il fut auprès de Chelsea, chassa de son visage les cheveux collés par les larmes. Elle ne semblait pas blessée, seulement commotionnée. Mais son regard ne témoignait que trop de son état nerveux.

– Es-tu blessée ?

Elle ne répondit pas. Elle ne pouvait détourner les yeux du cercle des sauriens qui progressivement se refermait autour d'eux. Ils fouettaient le ciment avec leurs queues, s'échangeant des morsures exaspérées. Pourtant aucun n'osait franchement attaquer. Quelque instinct devait leur souffler que ce grand escogriffe tout vêtu de noir constituait une victime autrement moins vulnérable que la jeune fille.

– Je croyais l'endroit désaffecté, railla Graymes.

Il jeta un regard autour de lui, supputant leurs chances de s'extirper de cette cuvette. Escalader la paroi lisse avec Chelsea sur son dos ne lui parut pas chose impossible, mais le moindre raté pouvait leur être fatal. De plus, il sentait le flux d'autres présences dans les lieux… Chelsea jeta un cri. Graymes n'eut que le temps de retirer sa jambe. Profitant de sa distraction, un crocodile s'était insidieusement rapproché. Le démonologue lui expédia un solide coup de talon sur le museau. De dépit, l'animal retourna se vautrer dans la mare en projetant un flot d'éclaboussures. Graymes dévisagea l'adolescente.

– Tu... tu as crié ? Essaie encore... Dis un mot, n'importe quoi !

Chelsea grelottait. Elle ouvrit la bouche, avala plusieurs fois l'air avant de balbutier :

– Je... Je...

Les premiers mots qu'elle prononçait. Graymes la serra contre lui. Par tempérament, il n'était guère démonstratif. Mais il était envahi par une joie réelle.

– Nous devons tenter de grimper. Tu comprends ce que je dis ?

– N... non. J'y arriverai jamais. Et... et ils sont là, p ... partout. À attendre. Il y a cette chose avec eux... Ce qui m... m'a emportée de l'hôpital. Elle marche sur les murs. C'est comme un grand froid...

Graymes ne doutait pas un instant qu'elle disait vrai. Lui aussi subodorait la présence de l'Oundni, quelque part. Du regard, il mesura la distance qui les séparait du mur d'enceinte. Il en était là de ses réflexions lorsqu'il repéra soudain une saignée creusée dans le rocher, au fond de la fosse. Une grille cadenassée par une chaîne semblait conduire dans un couloir sans doute utilisé dans le temps par le personnel d'entretien. Il allait attirer l'attention de Chelsea sur sa découverte lorsqu'un autre saurien, n'y tenant plus, se rua sur eux dans une gerbe de boue.

Graymes fit volte-face, l'épée au poing. Avant que la gueule terrifiante ne se referme, il trancha la gorge blanche imprudemment découverte. Saisi de violents sursauts, le monstre reflua aussitôt vers ses congénères, lesquels se jetèrent sur lui en une sanglante curée.

Profitant de la diversion occasionnée par le carnage, Graymes saisit la main de Chelsea, comptant bien l'entraîner vers le tunnel. Hélas, à cet instant précis, des flambeaux apparurent tout autour de l'arène, jetant de sinistres clartés. Quelque part, un tambour se mit à battre. Shado se pencha par-dessus le parapet, faisant mine de constater la situation. Graymes laissa échapper une malédiction.

– Curieuse naïveté de ta part, lança le sorcier. Pensais-tu que je te laisserais la fille si facilement ? Mais ces pauvres bêtes ne sont pas des adversaires à ta mesure. Je trouve même que la partie n'est pas équitable... Si nous la pimentions ?

Il saisit sa baguette de corne et se mit à chantonner. Aussitôt une brume étrange et délétère envahit la fosse, dissimulant peu à peu les reptiles à la vue.

– Nous avons fait un marché, je crois, lança Graymes. Anchebo est avec moi.

– Où est-il ? demanda Shado avec avidité.

– Sous bonne garde. Regarde au dehors, vers le roc aux singes.

Abandonnant un instant son ennemi des yeux, le sorcier regarda par l'une des vitres. Il aperçut à quelque distance, de l'autre côté de l'allée, le vieillard assis sur un rocher, éclairé par un rayon de lune. Blafard, irréel. Il le fixait de ses yeux grands ouverts. Près de lui, un homme pointait un revolver sur sa tempe. Autour d'eux, les chimpanzés surexcités se livraient à une folle sarabande.

Shado fronça les sourcils, puis il éclata de rire.

– Oui... Je t'avais donc bien jugé. Tu es comme moi, Graymes. Tu n'as ni âme ni conscience. Tu l'as vendu.

– Ta sagacité m'impressionne, répliqua Graymes, acerbe. Je ne fais pas de sentiments. Anchebo est vieux. Cette jeune fille est jeune. Elle m'intéresse.

– Voilà un argument que je peux comprendre. Tu vois que je n'ai pas touché un cheveu de ta protégée. Du moins pas encore. Qui est ce type là-bas ?

– Un allié.

Shado continuait d'observer avec beaucoup d'attention la silhouette d'Anchebo. Comme s'il l'avait aperçu derrière la vitre sale, ce dernier lui adressa un hochement de tête. Le Faiseur d'Usages poussa un gloussement de triomphe :

– Et en plus, ce vieux fou me nargue. Vous autres, allez le chercher.

– À présent laisse-nous partir, lança Graymes. Tu as celui que tu voulais.

– Pourquoi ai-je l'impression que tu mens, Commandeur ?

– Pourquoi ai-je l'impression que tu cherches un prétexte pour nous livrer à tes animaux de compagnie ?

Graymes lorgna en direction des crocodiles. Il ne pouvait plus les voir, mais il pouvait encore les sentir… Et il n'avait aucun doute. Ils rampaient à nouveau dans leur direction, cherchant à escalader sans risque la butte. Tout près, les vapeurs bougèrent… Les mares firent entendre un clapotis suspect.

Chelsea planta ses ongles dans son bras.

Graymes tenait encore son épée sanglante

à la main. Il balaya le brouillard devant lui, mais ne rencontra que le vide. Rien n'était plus oppressant que d'affronter ces adversaires devenus invisibles. Shado s'esclaffa :

– Eh bien... Tu es libre. Pars !

Et sur ces mots, il disparut. Les torches s'éloignèrent, laissant la nuit s'installer à nouveau. Aussitôt Graymes lança une incantation et la brume commença de refluer. Il saisit Chelsea par la main. Une queue acérée glissa contre sa cheville. Sous l'effet de la douleur, il grimaça. De sa conscience ne devait émerger que l'instinct du combat, de la survie. Soulevant Chelsea, il sauta par-dessus les formes qu'il devinait vaguement se tordant sous la brume. Il atterrit au beau milieu d'une mare. Un claquement sourd. Il dégagea son épée et frappa. Puis s'arc-boutant, parvint à prendre appui sur le sol ferme. L'écume aux lèvres, il se précipita dans le passage. D'un coup d'épée, il brisa la chaîne et du pied, écarta la grille. Il se réfugia promptement dans le tunnel de service, et referma derrière lui. Des museaux gourmands vinrent buter sur les barreaux. Il reposa Chelsea.

– Vous êtes blessé... remarqua-t-elle.

Du sang coulait le long de sa cuisse. Il y accorda peu d'attention. Il la poussa dans l'escalier. La porte de service était fermée à clé. Pourtant il n'eut qu'à en effleurer la serrure pour qu'elle s'entrebâille aussitôt. Ce tour fit naître une exclamation admirative chez l'adolescente.

– Ouah ! Comment vous faites ça ?

– En y pensant très fort.

Ils débouchèrent sur un chemin à l'arrière du vivarium. Il pouvait entendre les séides de Shado lancer leurs cris gutturaux dans la nuit. Un sourire carnassier se peignit sur ses lèvres.

– Qu'est-ce qui vous amuse ? s'inquiéta Chelsea.

– Ils l'ont trouvé.

– Qui ça ?

– Ce pauvre vieil Anchebo.

– Oh, vous n'avez pas vendu cet homme en échange ? N'est-ce pas ?

– Non, ce pauvre bougre a cessé de souffrir depuis des heures. C'est son cadavre que notre ami vient de trouver. Tandis que je faisais diversion, deux complices à moi l'ont installé sur le rocher aux singes pour qu'il soit bien visible.

– Mais… Shado a dit qu'il l'avait vu bouger !

– Oui, parce que quelqu'un se tenait caché derrière lui. Par ici Goffon, vil crapaud !

Le nain sortit des broussailles, à la fois

tremblant et furieux. Single le suivait de près, son revolver au poing.

– Sordide, laissa tomber le policier. Utiliser un mort de la sorte...

– Un miracle ! s'écria Goffon. Un miracle s'ils ne nous ont pas attrapés. La chose... La chose est là ! Laissez-moi partir, Maître, je vous ai bien servi, ainsi que vous me l'avez ordonné...

Graymes le dévisagea d'un air mauvais. Goffon enchaîna aussitôt :

– Hemm, je veux dire... s'il plaît à mon maître...

– Il me plaira, crapaud. Quand nous serons sortis vivants de ce traquenard. Allons !

– Il faut faire attention, prévint Single. Ils sont partout, et nombreux.

À peine achevait-il sa phrase qu'un long cri de désespoir transperça la nuit. Graymes regarda en direction du rocher aux singes. Il eut la vision de l'Oundni penché au-dessus du cadavre et le flairant à la façon d'un animal ; Shado en arrière-plan, torturé par une douleur sans nom, levait les bras au ciel. Aucun doute, il avait compris la supercherie.

– Fichez le camp d'ici, ordonna Graymes. Aussi loin que vous le pourrez... Mettez Chelsea à l'abri.

Shado venait de l'apercevoir. Il brandit

dans sa direction sa sinistre baguette de corne.

– Maudit bâtard ! Tu m'as berné ! Tu m'as dupé ! Anchebo est mort ! Tu m'as livré un mort…

Il fit un signe à l'Oundni. Aussitôt celui-ci se fondit dans les ténèbres. Graymes se tourna vers les autres. Voyant qu'ils ne bougeaient pas, comme paralysés, il saisit le nabot et le souleva jusqu'à hauteur de visage :

– Emmène-les hors d'ici. Tu réponds sur ta vie de leur sécurité, entends-tu ?

– Et j'aurai de l'or ?

– Une pleine brassée.

– Le Maître promet ? Le Maître jure ?

– Je n'ai pas le temps de discuter. Filez sur-le-champ. C'est une affaire entre lui et moi désormais.

L'épée à la main, Graymes marmonna une imprécation et se posta judicieusement au centre d'un espace blanchi par la lune, protégeant la fuite de ses compagnons. Une ombre s'allongea soudain jusqu'à lui et le saisit à la gorge. Un faciès grimaçant aux contours vaguement humains se pencha au-dessus du sien. Il se débattit avec toute l'énergie dont il était capable, proférant une litanie de commandements magiques :

– *Whani, Oundni. Whani ! Lahi wen deoch !*

La créature fut parcourue d'un tremblement et l'étau de ses bras noirs se desserra imperceptiblement. Le regard de Graymes brilla tel du métal fondu. Il fixa intensément la créature, comme s'il désirait remonter jusqu'aux limbes intérieurs de son être.

– *Lahi wen deoch,* répéta-t-il. *Madicha wen déoch !*

Rejeté par quelque force secrète, le monstre s'écarta avec un borborygme haineux. Sa figure se modela étrangement jusqu'à offrir un masque d'une horreur indescriptible. Sa langue démesurée siffla dans les airs, frôlant Graymes.

– *Ohendala nye !* ricana celui-ci, en déchirant son col pour faire apparaître l'upsilon d'or gravé sur son thorax.

L'Oundni parut aussitôt se ramasser sur lui-même. Profitant de son désarroi, Graymes abattit son épée sur lui. La lame trancha dans l'ombre mouvante. Le démon laissa échapper un glapissement strident. Il se tordit en tous sens. Graymes se jeta sur lui et le saisit comme il l'aurait fait d'un taureau furieux. Il le chevaucha tandis qu'il bondissait et se cabrait. Avec une adresse exceptionnelle, il parvint à glisser la main jusqu'au clou d'or qui ornait son front. Il referma ses doigts autour de lui et tira d'un coup sec. Secoué par un terrible sursaut, l'Oundni projeta son cavalier dans les airs. Graymes roula dans les broussailles, le poinçon maudit encore dans sa main…

L'Oundni parut se liquéfier. Il tendit une main griffue, comme s'il espérait se raccrocher au monde, avant de se dissoudre complètement dans la clarté lunaire.

À son ultime gémissement, un autre se mêla. Juché sur le toit du vivarium, le squelette malingre de Shado se découpait sur la lune. Il agitait sa baguette de corne en direction du démonologue :

– Grayyymes ! Viens donc ! Viens…

Graymes essuya le sang qui coulait de sa joue. Il se redressa lentement et bondit à travers les broussailles. Il s'agrippa au lierre du vivarium et en un clin d'œil se hissa sur le dôme de verre. Shado pointa sa badine. Il tremblait. Ses yeux se révulsaient. Des paroles abjectes tombaient de ses lèvres. Graymes eut la sensation que des serres cherchaient à le lacérer. Mais il lui suffit d'effleurer la cicatrice d'or sur son thorax pour que la douleur se dissipât aussitôt.

– Toi… bégaya le Faiseur d'Usages. Toi… désigné par la Madicha…

– C'est fini, Shado, annonça Graymes.

Son ombre décharnée recouvrait son ennemi. Ses prunelles flambaient. Shado vacilla. Dans cet affrontement silencieux de leurs deux pouvoirs entrelacés, le sorcier affaibli cédait peu à peu le terrain. La peur s'insinuait en lui, obscurcissant ses facultés. La certitude de la défaite voilait déjà son regard. Pourtant il tenta de rassembler son influx une dernière fois. Il étendit ses bras, tel un vautour prêt à prendre son essor. Graymes ne commit pas l'erreur de lui permettre de s'installer dans une posture propice à sa monstrueuse magie. Il fit rapidement tournoyer Shör-Gavan, traçant dans les airs une figure ésotérique avant de la planter dans la poutre de métal qui courait sous lui. Une vibration traversa tout l'édifice. Le verre se fissura. Shado perdit l'équilibre, suffoquant.

Dans un effort désespéré, il arracha son collier d'amulettes et le jeta au visage de son adversaire. Graymes saisit une vipère à cornes au vol, la laissant cracher son venin à quelques centimètres de son visage, tous crochets dehors. Puis d'une souple torsion du poignet, il la brisa net et la rejeta au loin.

Shado émit un couinement consterné. Il ramassa sa baguette tordue. Un chant sourd monta de ses lèvres. Mais Graymes lui décocha un solide direct à la mâchoire, puis un second. N'écoutant que sa fureur, il le balaya ensuite d'un revers de main. Le dôme s'étoilait à présent de fissures. Graymes saisit le sorcier par la gorge et le souleva de terre. Il le regarda se débattre au bout de son bras, ses pieds ne touchant plus terre. Ses cicatrices sacrificielles labouraient à présent son visage tuméfié. Ce n'était plus qu'un vieillard apeuré.

– Tu es mort pour le monde, Shado.

Il le laissa retomber. Le Faiseur d'Usages poussa un cri. Sous son poids la vitre céda. Il y eut un craquement sourd quelque part en dessous, et le froissement des écailles sur le ciment, les claquements de mâchoires.

Graymes remisa lentement son épée dans la doublure de son manteau, un sourire glacé sur ses lèvres pâles. Il regarda autour de lui. Les sbires de Shado n'avaient pas attendu leur reste et s'étaient dissipés comme fumée au vent. Il leva son index en direction de la lune…

Il restait maître de la place.

Maître de la place et Commandeur des pactes.

À la sortie du zoo régnait une grande confusion. La police avait bouclé le périmètre. Les gyrophares bicolores constellaient l'avenue. Des inspecteurs recueillaient d'hypothétiques témoignages. Une limousine noire captait toute l'attention des agents. Quelques partisans du Faiseur d'Usages repartaient menottes aux poignets. Se désintéressant de leur sort, Ebenezer Graymes chercha Chelsea des yeux. Il l'aperçut qui montait à bord d'une des voitures, une couverture autour des épaules. Il écarta la cohue qui se pressait devant lui. Mais avant qu'il ait eu le loisir de la rejoindre, le véhicule démarrait déjà. Sans doute la jeune fille dut-elle sentir sa présence, car elle se retourna, et l'espace d'une seconde son visage défait s'encadra dans la lunette arrière. Elle n'eut que le temps d'un signe de main avant de disparaître au carrefour.

– Bon sang, qu'est devenu Shado ? J'ai fait investir le zoo par une unité d'élite et…

Graymes abaissa son regard sur le jeune policier.

– Shado a fait une mauvaise chute, commenta-t-il. Où emmène-t-on Chelsea ?

– Oh, en lieu sûr, vous n'avez pas à vous inquiéter. Ses parents arrivent demain. Ils se sont finalement décidés à s'occuper d'elle. Ils vont la ramener dans son coin de campagne. Que s'est-il passé à l'intérieur ? Est-ce que cette chose… Cet être…

Graymes considéra d'un œil indifférent l'arrivée des renforts. Un agent survint, une main sur la crosse de son arme.

– Lieutenant, on l'embarque ?

Single feignit un temps d'hésitation, toisa la haute silhouette de l'occultiste. Les paroles du capitaine Meredith lui revinrent en mémoire.

– Vous n'y pensez pas, agent Tibbs. Le professeur Graymes nous a été d'un grand secours dans cette affaire.

Le policier s'écarta, circonspect.

– Graymes, je ne tiens pas à savoir ce qui s'est passé, mais... tout danger est-il écarté ? Je peux rappeler mes hommes ?

– Vous pouvez.

Sans rien ajouter, il tourna les talons, abandonnant Single aux tâches ingrates de sa fonction. Tandis qu'il s'éloignait de l'agitation, il distingua sur le trottoir opposé la silhouette d'une femme vêtue de sombre. Ils ne s'adressèrent qu'un long regard. Toute phrase était inutile. La Madicha savait, déjà. Au-dessus de Manhattan, la lune se voila un bref instant. Quand elle reparut, Ebenezer Graymes était retourné aux ombres de la nuit...

L'AUTEUR

Michel Honaker est né en 1958 à Mont-de-Marsan dans les Landes. Très tôt, il consacre beaucoup d'efforts à détourner ses cahiers de classe du droit chemin en les truffant de textes ayant peu de rapports avec les équations ou la trigonométrie, auxquelles il vouera toujours une farouche aversion.
Avec un stylo oublié par un oncle vampire, il se lance dans le fantastique sulfureux et écrit une trentaine d'ouvrages consacrés au genre par des voies aussi détournées que le thriller ou la SF. À l'heure actuelle ce dangereux maniaque d'opéra et de musique classique est activement recherché pour détournement de lecteurs sages.

COLLECTION
Cascade

CASCADE POLICIER

AGATHE EN FLAGRANT DÉLIRE
Sarah Cohen-Scali.

À L'HEURE DES CHIENS
Évelyne Brisou-Pellen.

ALLÔ ! ICI LE TUEUR
Jay Bennett.

L'ASSASSIN CRÈVE L'ÉCRAN
Michel Grimaud.

L'ASSASSIN EST UN FANTÔME
François Charles.

LE CADAVRE FAIT LE MORT
Boileau-Narcejac.

LE CHARTREUX DE PAM
Lorris Murail.

LE CHAUVE ÉTAIT DE MÈCHE
Roger Judenne.

COUP DE BLUES POUR DAN MARTIN
Lorris Murail.

COUPS DE THÉÂTRE
Christian Grenier.

DES CRIMES COMME CI COMME CHAT
Jean-Paul Nozière.

CROISIÈRE EN MEURTRE MAJEUR
Michel Honaker.

DANS LA GUEULE DU LOUP
Boileau-Narcejac.

LE DÉTECTIVE DE MINUIT
Jean Alessandrini.

DRAME DE CŒUR
Yves-Marie Clément.

DRÔLES DE VACANCES POUR L'INSPECTEUR
Michel Grimaud.

UNE ÉTRANGE DISPARITION
Boileau-Narcejac.

HARLEM BLUES
Walter Dean Myers.

L'HÔTEL MAUDIT
Alain Surget.

L'IMPASSE DU CRIME
Jay Bennett.

COLLECTION
Cascade

LE LABYRINTHE DES CAUCHEMARS
Jean Alessandrini.

LA MALÉDICTION DE CHÉOPS
Jean Alessandrini.

MICMAC AUX MILLE ET UNE NUITS
Paul Thiès.

LE MYSTÈRE CARLA
Gérard Moncomble.

NE TE RETOURNE PAS
Lois Duncan.

L'OMBRE DE LA PIEUVRE
Huguette Pérol.

OMBRES NOIRES POUR NOËL ROUGE
Sarah Cohen-Scali.

ON NE BADINE PAS AVEC LES TUEURS
Catherine Missonnier.

PAS DE QUOI RIRE !
Jean Alessandrini.

PIÈGES ET SORTILÈGES
Catherine Missonnier.

POURSUITE FATALE
Andrew Taylor.

RÈGLEMENT DE COMPTES EN MORTE-SAISON
Michel Grimaud.

SIGNÉ VENDREDI 13
Paul Thiès.

LA SORCIÈRE DE MIDI
Michel Honaker.

SOUVIENS-TOI DE TITUS
Jean-Paul Nozière.

UN TUEUR À LA FENÊTRE
Stéphane Daniel.

LE TUEUR MÈNE LE BAL
Hervé Fontanières.

LE VAMPIRE CONTRE-ATTAQUE
Hervé Fontanières.

LES VISITEURS D'OUTRE-TOMBE
Stéphane Daniel.

LES VOLEURS DE SECRETS
Olivier Lécrivain.

COLLECTION
Cascade

CASCADE PLURIEL

<u>LES AILES NOIRES DE LA NUIT</u>
Jean-Marc Ligny.

<u>AMIES SANS FRONTIÈRES</u>
Hélène Montardre.

<u>LE CHEVALIER DE TERRE-NOIRE</u>
Michel Honaker.
Tome 1
L'ADIEU AU DOMAINE
Tome 2
LE BRAS DE LA VENGEANCE
Tome 3
LES HÉRITIERS DU SECRET

<u>ERWAN LE MAUDIT</u>
Michel Honaker.

<u>LA FILLE DE TROISIÈME B</u>
Christian Grenier.

<u>L'HÉRITIER DU DÉSERT</u>
É. Brisou-Pellen.

<u>MINI MAX ET MAXI DURS</u>
Roselyne Bertin.

<u>LE PIANISTE SANS VISAGE</u>
Christian Grenier.

<u>LE PRINCE D'ÉBÈNE</u>
Michel Honaker.

<u>LE SORCIER AUX LOUPS</u>
Paul Thiès.

<u>UNE VIE À TOUT PRIX</u>
Roger Judenne.

Achevé d'imprimer en octobre 1996
sur les presses de l'Imprimerie Hérissey
à Évreux (Eure)
Dépôt légal : octobre 1996
N° d'édition : 2806 – N° d'imprimeur : 74831